古書堂事件手帖 3

～栞子與無法抹滅的羈絆～

三上延

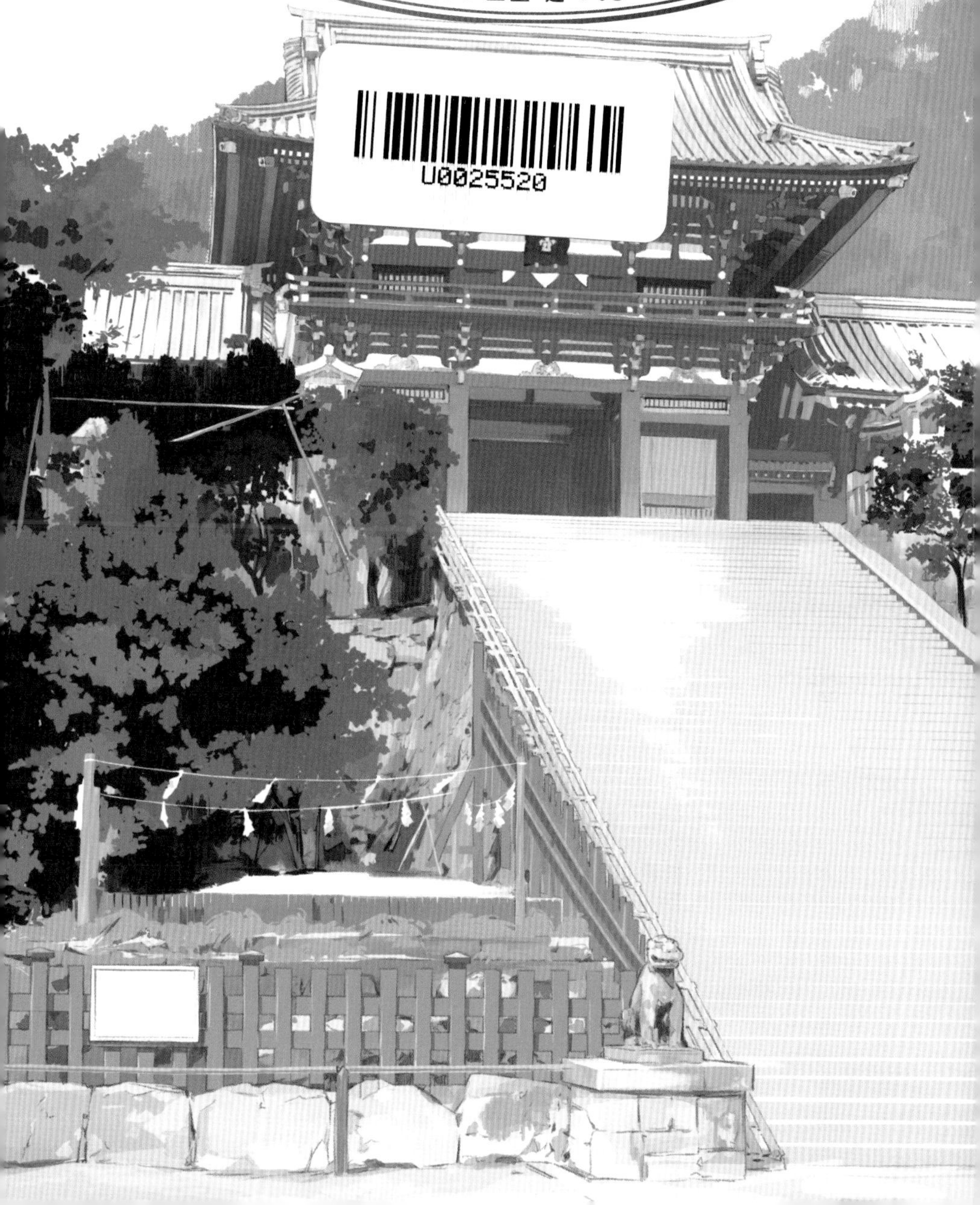

古書堂事件手帖 3

～栞子與無法抹滅的羈絆～

三上 延

輕文學
Light Literature

序章

《國王的驢耳朵》（POPLAR社）．I

2010/11/23　最近發生的事　篠川文香

昨天太忙了，所以連今天的份一起寫。

昨天是文現里亞古書堂的公休日。

姊姊一早和五浦先生（店員）一同開車出門，前往自從她受傷後就一直想去卻去不了的那些舊書店一日遊。

早餐時見她那麼興奮期待，我對她說：「妳今天要去約會吧？」

結果她一臉可怕的表情責備我：

「別對大輔先生開這種玩笑，太失禮了。」

這趟一日遊在姊姊心中似乎只是五浦先生好心陪她逛舊書店而已。

姊姊很討厭提起自己的戀愛或結婚話題。

所以嘴巴上雖然不能說，我還是把這件事寫在這裡。

我想五浦先生大概把這趟一日遊當作約會了。他似乎很喜歡姊姊。

說到這，原本五浦先生剛開始在我們家工作時，我非常擔心。

我簡直不敢相信怕生的姊姊會主動僱用員工。五浦先生身材高大，眼神也有點嚇人，我當時還在想，姊姊該不會被壞人騙了吧？

在店裡相處一段時間後，我才發現他是個有點懦弱又勤奮工作的普通人。他願意仔細聆聽別人說話，招呼客人也比我能幹。

這話我只寫在這裡，沒有對本人說。

依我所見，五浦先生應該是很容易讓長輩，尤其是比他年長的女性玩弄於股掌間的類型。體格明明像個戰士，個性卻像個隨從。

他們兩人在傍晚左右回來。

姊姊心情十分愉快。聽說他們去了橫濱還是川崎的舊書店繞了一圈，回程還去了辻堂那裡。

他們買了兩大箱的書，幫忙搬進玄關的當然是五浦先生。他的外表看來雖然疲累，眼神卻莫名充滿活力。

也許是因為看見姊姊很開心，所以也跟著開心吧。果然是隨從命。

今天午休，小菅奈緒來我們班上玩，我把這件事情告訴她，她說：

「妳姊姊不是普通人。」

話題只要一談到姊姊，奈緒的臉就會比平時更嚴肅。她雖然是我們店裡的常客，但似乎和姊姊處不來。

前陣子奈緒喜歡上熱音社的西野，結果被對方拒絕，當時好像發生了什麼事扯上姊姊和五浦先生。

詳情我也不清楚，只知道很麻煩，大概是姊姊做了讓奈緒很吃驚的舉動，解決了整件事吧。現在西野去了其他學校。

他誤以為是五浦先生背地裡惡意散播謠言，說他玩弄很多女孩子，是個無可救藥的傢伙，因此企圖縱火燒我們書店，最後遭到逮捕。停學懲處結束後，他便轉學到其他學校去了。

我沒對其他人說過，不過我想西野之所以誤會，都是我的錯。我在店裡聽到五浦先生和其他熟客聊到奈緒暗戀西野的事，不小心告訴了同社團的人。

碰巧當時學校正在盛傳西野的所作所為，我的話似乎成為最後一根稻草。我不曉得原來奈緒在學校裡不曾和任何人提過西野的事情。

看樣子我這個人嘴巴很不牢靠。

自從我們家房子差點被燒，我開始盡量不說不該說的話。但為了避免產生壓力，我將那些事情一點一滴寫在這裡。

別人都不曉得我半夜對著電腦寫這些事情。

今天傍晚，我從學校回到家，發現姊姊昨天買回來的書還堆在玄關。姊姊還沒有辦法搬重物上樓，我卻忘了自己對她說過「晚一點幫妳搬」這句話。

總之，我先把那些書搬上二樓，免得擋在玄關不好打掃。

二樓目前是姊姊的專屬區域，連我也沒資格干涉，四面八方都是書。我暫時先找個空位放著，不過她晚點可能會生氣。

正要走開時，我在走廊書堆中發現一本很懷念的書。

《國王的驢耳朵》

那是小時候姊姊會唸給我聽的繪本。那應該是我的書，什麼時候混進姊姊的區域裡了？

想不太起來故事內容是什麼，於是我把書拿回房間，打開這本好久沒讀的書。真的很有趣。

兩神正在爭論誰的樂器彈奏得比較好，笨拙的米達斯國王碰巧路過。雖然一聽就知道誰演奏得比較好，但是米達斯國王卻說他比較喜歡演奏差的那方。

結果神生氣了，把米達斯國王的耳朵變成驢子耳朵以懲罰他（神的心胸還真狹窄）。國王覺得很丟臉，把耳朵藏起來，卻被理髮師看到了。國王威脅理髮師不准告訴任何人，否則殺了他（國王也真過分）。

理髮師雖然沒有將這個祕密告訴任何人，但不說出口實在難受，於是他在河邊挖了一個很深的洞，朝著洞裡大喊：「國王有對驢耳朵！」

我闔上書思考。

或許我所做的——把無法對旁人說的事情偷偷寫在這裡的行為，正和理髮師一樣。

這裡對我來說就是河邊的洞。

我不曉得洞延伸到什麼地方，不過可以確定洞裡沒有其他人。

我希望當作這樣。

第一話

羅伯特・富蘭克林・楊

《蒲公英女孩》（集英社文庫）

1

玻璃窗因為寒風而微幅振動。照理說店內已經有暖爐吹送出溫暖的風，但從剛剛開始我仍在吐著白色氣息，大概是書店建築物過分老舊的緣故。

剛開店的時段幾乎沒有客人。我默默捆綁擺在櫃台後側的成排精裝書，包括不完整的世界文學全集、過時的減肥書、沒有書封的參考書等，都是些不值錢的玩意兒——

我對舊書的知識還沒厲害到有資格能說這種話，只是看到幾本怎麼看也不覺得有價值的舊書而已。

我叫五浦大輔，是北鎌倉低調經營的二手書店「文現里亞古書堂」的實習店員。在這裡工作已經五個月，季節也已經進入冬季。今天是過年前的十二月二十六日。

昨天是聖誕節，大船的商店街也很熱鬧，不過我與那些活動無緣，加班到很晚才回家。

對舊書店來說，聖誕節只是年底眾多忙碌日子中的一天罷了。或許是進入大掃除季的關係，最近前來賣書的客人增加了。我們全忙著理書。

話雖如此，身為實習店員的我也只是遵從指示而已。買下的書該如何處理端看店長定奪。

「……嗯！」

正當我將綁好的書堆在櫃台前方空地的時候，突然有人發出奇怪的聲音。穿著羽絨外套看著絕版文庫書櫃的男性顧客嚇了一跳抬起頭。發出聲音的人不是他，也不是我，是店裡剩下的另一個人。

我回頭看向背後。

文現里亞古書堂雖然是間小店，櫃台後側卻出奇寬廣。那裡進行的工作是整理採購到手的書及網購業務。數排書堆組成的高牆聳立，打造出能夠容納一人躲藏的空間——說到這，書牆後面此刻的確藏著一個人。

兩本舊少女漫畫書從書牆上方冒出來，那是西谷祥子的《奧林帕斯山的微笑》和《表親聯盟》。牆後的人高舉起那兩本少女漫畫，到底是什麼意思呢？

少女漫畫的封面斜向一邊，從書牆邊緣露出穿著白色高領毛衣的上半身。她正坐在椅子上，雙手拿著少女漫畫，大大伸了一個懶腰。

這位美女細窄的鼻梁上掛著很適合她的大眼鏡，額頭上卻因為雙眼用力緊閉而擠出皺紋；一頭烏黑長髮髮尾則碰到地面。身體曲線因為挺胸伸展而格外明顯。她的壞習慣就是無法察覺到別人的視線。

癟成乀字型的雙唇微張。

「……嗯——」

伸展背脊、發出詭異聲音的女性，正是文現里亞古書堂的老闆——篠川栞子。她掌管這家近五十年歷史的舊書店，年紀與今年春天甫自大學畢業的我相去無幾，對於舊書卻有著無與倫比的知識，可說是一位「書蟲」。

大概是今天一大早就在電腦前工作，已經累了，只見她還轉了轉脖子。我看著她一會兒。她突然睜開眼鏡後頭的雙眼，當然也立刻注意到我的視線。

「…………啊。」

她的臉頰變得愈來愈紅，還試圖躲進書堆後面。

我覺得這沒什麼好難為情，不過她這人的個性本來就內向得要命，實在很難想像她會選擇從事服務業。除了採購書籍之外，負責應對客人的多半是我。她平常總是躲在書牆後面打電腦，處理網購業務。

「請問，綁好的書拿到倉庫去就可以了嗎？」

我對她這麼說。她只露出半張臉，低頭看向我指的書。

「不…不…請拿到車上去。」

「車上？妳是指廂型車嗎？」

我反問。那些不拿出來賣的書，通常都會放在主屋中一間當作倉庫使用的房間裡。

「是的……要拿去書市賣……」

「書市？戶塚那個嗎？」

「是的。」

她所說的書市正式名稱是「舊書交換會」。

舊書店通常會加入所屬地區的舊書商會，而所謂書市，也就是舊書交換會，則是商會會員彼此交易商品的系統。

如果買到自家舊書店不易販售的書種，可透過商會在舊書會館舉辦的交換會賣給同業。只要加入某處的商會，也可以與其他地區的書市做生意。

我看了看牆上的月曆，明天週一──十二月二十七日上有個紅色圈圈。

文現里亞古書堂也參加了神奈川縣舊書商會的湘南分會，因此可以利用位在戶塚的西舊書會館，而二十七日舉辦的則是二〇一〇年最後一場交換會。

「就是明天了呢。」

我說。

「我第一次去戶塚的舊書會館呢。」

店裡上個月買下的大量舊漫畫，全依照栞子小姐的指示拿去東京舊書交換會賣掉了。因為她認為東京書市有較多舊漫畫專賣店，送去那裡比較妥當。

「不，明天不行……前天買下的書還沒有整理完畢……如果要拿去書市賣，大概要等到明年初了。」

真可惜，我本來期待能夠再度兩人一起出門，雖說我們是出門工作。

「……我知道了。」

點點頭，我準備回到工作崗位上。

「啊，大輔先生。」

栞子小姐叫住我，塞給我一本書。

「這本也請捆在一起。」

她沒有看我，快速交待完畢，便躲進書牆後面。那本有著素色書盒和灰色書背的書，是坂口三千代的《Cracra日記》。內容是坂口安吾的妻子回顧婚姻生活的小品文。

（又買了嗎？）

這本書對栞子小姐有著特殊意義。儘管最愛舊書的她始終無法喜歡這本書，她仍不停地買下又賣掉這本書。

我從書盒裡拿出書翻閱。這本書保存狀態良好，也沒有寫字，表示不是栞子小姐找的那本。

十年前，她的母親篠川智惠子留下《Cracra日記》後便失蹤。那位母親擁有比女兒更淵博的舊書知識，是個聰明、不容小覷的人物。

唯獨對不起孩子，才四歲就被母親拋棄實在可憐。我害怕看見孩子烏溜溜的黑眼珠，我害怕想起她。或許不曉得要花上幾年，但我已經下定決心不見她。

我在《Cracra日記》裡看到這段內容。作者與坂口安吾結婚前已經有一名女兒。她將女兒托給自己的母親，隻身投奔至安吾身邊。

栞子小姐認為《Cracra日記》是母親留給自己的訊息，因此認定母親必然是去了其他男人身邊，沒有翻開書頁就把書賣掉。

但是，也許她在書上某處直接寫下了給女兒的隻字片語。為了確認這點，栞子小姐因此想要找回那本《Cracra日記》。

找了這麼久卻沒有出現，書恐怕在某個人手上吧。當然也有可能已經被扔掉了。

……我已經哭了。像我這麼愚蠢的母親無論存在與否都一樣。有外婆好好照顧妳喔，妳一定很寂寞吧？我也一定會想妳吧？但是，等妳長大後，應該會了解我為什麼這麼做。妳怎麼恨我都無所謂，但是希望妳能夠健健康康地長大。我已經做好覺悟無法與妳再見面，妳不可以因為思念我而哭喔——我在心中對自己的孩子這麼說。

儘管知道女兒會感到寂寞、會因此埋怨母親，坂口三千代仍然下定決心暫不見面，忠於自己到近乎殘忍的地步，而且絲毫不含糊。篠川智惠子也是這種人嗎？

（那個人是篠川智惠子……我們的媽媽。）

我的腦海裡回想起栞子小姐她妹妹篠川文香的聲音。之前我曾在這間屋子的二樓發現一幅畫，畫中描繪的女子與栞子小姐神似，而告訴我畫中人物是誰的人正是篠川文香。她就讀附近的縣立高中，與栞子小姐相差將近十歲。

如果她們的母親離家出走是十年前，當時篠川文香即將上小學，而她和這本書裡的情形一樣，硬生生面臨了與母親分離的局面。

（篠川智惠子嗎……）

姓氏仍是篠川，表示她尚未從這戶人家除籍吧？當然也可能只是文香習慣這麼稱呼。

這麼說來，篠川姊妹從來沒有提過父母親的感情如何。前任老闆，也就是姊妹兩人的父親，對於離家出走的妻子有什麼想法呢？

我想要進一步了解篠川智惠子這位女性。我相信這麼一來，就能夠更加了解栞子小姐。她心中那塊黑暗的部分與母親的失蹤密切相關。

我看著《Cracra日記》的內容陷入沉思，突然覺得有些頭暈。儘管我對書很感興趣，但就是沒辦法長時間持續閱讀文字書。唉，這就是我的體質。

沒辦法讀書卻想要聽聽書的故事，這樣的我與一談到書就會變得多話的栞子小姐之間，大致上還算相處融洽，但我總覺得只靠書本維繫關係有些不對勁，也不滿足於繼續維持現狀。

我闔上書放回書盒，注意到櫃台前面有人。

一抬頭，一名年過三十的男子將文庫本遞給我。就是那位身穿羽絨外套站在文庫本書櫃前的客人。他買了創元推理文庫的《年刊科幻傑作選2》與文春文庫的《奇妙的故事》。兩本都沒有書封也都不貴。

「謝謝惠顧。」

對方不發一語。他是偶爾會上門光顧的客人，不過我們幾乎不曾說過話。舊書店的客人很極端，不是十分愛閒聊，就是十分安靜。

「今天也很冷呢。」

我姑且主動開口。他稍微睜大了眼睛，或許是沒想到我會記住他吧。我並非記性特別好的人，只是正好對這位客人有印象。他和我一樣體型高大，也有著類似的髮型。我很少有機會能夠與同樣身高的人面對面。

我把文庫本裝入紙袋交給他並接過書錢。

「……絕版的文庫本只有書櫃上那些嗎？」

突然，客人難得地開了口。

「啊，是的。」

「也沒有其他還未上架的書了，對吧？」

「是的……請問您要找什麼書嗎？」

為了謹慎起見，我開口問道。客人搖頭，遺憾地說：

「呃，不，只是覺得好書不多而已。」

說完，他便抱著裝有文庫本的紙袋走出店外。

我停下工作，走到文庫本專區前面。平常安靜的客人如果有意見時，一定要特別注意——這是經營食堂多年的外婆傳授的教誨。我一直擺在心中。

（好書有那麼少嗎？）

我不解偏頭。本店經手的文庫本多半是老舊的絕版品。書櫃上雖然有些空隙，但我覺得擺在上頭的書與過去沒兩樣，也看不出事態的嚴重性。

「的確……不多呢……」

栞子小姐突然站在我旁邊開口說話。她不曉得什麼時候已經離開書牆後方來到了我旁邊。她的右手臂上套著前臂支撐式拐杖。半年前，她因為太宰治初版書相關的事件而受傷，腿傷至今尚未完全復原。

「是嗎？」

我說。她握起拳頭抵著嘴邊。這是她陷入沉思時的習慣。

「請問……剛才的客人買了什麼書？」

我告訴她書名後，栞子小姐的表情更加陰沉。

「果然沒錯……不能再這樣下去了……」

「什麼東西不能再這樣了？」

「賣掉的都是最近剛補上的書……剩下的都是一直賣不掉的書。」

「……啊。」

這麼說來好像真是如此。「和過去沒兩樣」就是嚴重的問題。

「……必須更換商品才行。」

我也有同感，但是又能怎麼做呢？和新書書店不同，舊書店無法自己決定購入的書本種類。

「看來我們明天還是得去書市一趟。」

栞子小姐說。

「不是說明年才要把書拿去賣嗎？」

「賣書的事明年再處理沒錯……那個市場並非只能夠賣書……」

原來如此。書市裡有許多店家也拿舊書出來販售，除了賣書之外，我們也可以去買書。

「也許會有人拿文庫本出來賣。」

2

隔天的風也相當冰冷。

抵達戶塚的舊書會館已經是早上十點左右。無法停進停車場的車輛全都在建築物前排成一列，我們把廂型車停在隊伍最後面便下車。

舊書會館是一棟四層樓的舊大樓。舉辦活動的書市位在二樓，從敞開的窗戶可以看見裡頭人來人往。

我突然想起栞子小姐尋找的《Cracra日記》。那本書十年前被文現里亞古書堂連同其他舊書一起賣給了某家書店。大概沒有人對於那本值不了多少錢的書的去向有印象。如果真的有，栞子小姐應該早就找到了。那本書的行蹤只到這棟建築物就斷了線索。

「走吧。」

我們並肩穿過馬路。比起剛出院時，栞子小姐的腳步已經穩健許多。速度雖然不快，不過她確實正逐漸痊癒。

建築物入口前排列著幾台用來搬書的手推車。這區似乎也是吸菸區，隨處可見隨意放置的立式菸灰缸。

一位如鐵絲般消瘦的白髮男子一邊瞪著菸灰缸一邊抽菸。他的鷹勾鼻與銳利大眼格外引人注目，外表顯得相當有威嚴；掛在額頭上的金邊眼鏡壓住亂糟糟的頭髮。

我突然察覺到有人輕扯我的外套。栞子小姐繞到我身後輕拉我的衣襬，甚至不希望讓對方看到。看樣子白髮男子並不好惹。

話雖如此，我們也不可能默不作聲地走過他面前。

栞子小姐深呼吸克制住緊張，來到男子面前深深鞠躬。我也跟著鞠躬。

「那個……一人老闆，您好……」

「一人」是書店的店名。舊書店老闆彼此多半以店名相稱。仔細看看他的胸前正掛著「一人書房」的名牌。我好像在哪裡聽過這家店。

我們打了招呼，「一人老闆」卻沒有任何回應。他捻熄短短的香菸，從外套口袋又拿出一支菸點燃。

（這位大叔是怎麼回事？）

不悅的只有我一個。打完招呼後，栞子小姐連忙拄著拐杖進入建築物。

服務窗口裡一個人也沒有，或許是正好出去了。窗口旁邊有個深度很淺的木頭書架，上面是成排寫著店名的名牌，這些大概是可以使用這棟舊書會館的舊書店。栞子小姐拿起「文現里亞古書堂」的兩個名牌，將其中一個遞給我。

「把名牌別在看得見的地方。」

「啊，好。」

除了舉辦特殊活動之外，能夠進入會館者只限舊書商會的成員，而名牌就是身為商會成員的證明。

（咦？）

我想把名牌別在胸前卻出了問題，往後翻才發現沒有別針。這牌子有什麼特殊的掛法嗎？

「……那個壞掉了。」

一人書房的老闆對我說，眉宇間透露著不耐煩，彷彿叫我們快點從他的視線範圍內消失。

「謝謝。」

我暫且道聲謝，他卻連看也沒看我一眼。

「我們借用一下這個吧……」

栞子小姐撿起掉在櫃台角落的迴紋針。我用迴紋針把名牌固定在褲頭的皮帶上。就算難看也無可奈何。

這條短廊盡頭就是電梯。等了半天，電梯都不下來，我們只好走樓梯。

「妳和那個人有過節嗎？」

我跟在慢慢走上樓梯的栞子小姐身後開口問。那位老闆似乎很討厭她。

「……他好像和媽媽因為一些事情而交惡……」

栞子小姐小聲地說。

「所以我想他也不喜歡我。」

「……」

隱約可以理解。畢竟栞子小姐的母親在舊書買賣上是個不擇手段的人。她既然能夠為了藤子不二雄的舊漫畫《最後的世界大戰》做出那般近乎違法的行為，與同行間有摩擦也不意外。

「我也不曉得怎麼和一人老闆相處……雖然經常上他的店裡光顧……」

「咦？為什麼？」

栞子小姐在樓梯平台上轉身，眼鏡後頭的雙眸閃閃發光，沒有化妝的素白臉頰染上紅暈，剛才那消沉的語氣彷彿騙人一般。

「因為他們店裡的書籍品項實在太驚人了！一人書房雖然主要經手懸疑和科幻作品，但是過期雜誌、相關書籍也相當多……在藤澤的愛書人士之間非常有名！」

出現藤澤這個地名，我這才想起來自己為什麼聽過那家店——我也曾經去過。

「難道就是那家位在辻堂的……前陣子我們一日遊回程去的那家？」

「沒錯！就是那家！很驚人吧？」

栞子小姐重重點頭同時上半身探向前，只要有一點差池就會滾下樓去。

「聽妳這麼一說，嗯……」

上個月因為打賭的關係，我和她兩個人單獨出遊。這趟出遊稱不上是約會，只是我開車載著她前往縣內她想去的舊書店逛逛而已。一人書房是那趟行程回程路上順道去的一家店，就位在藤澤市的辻堂車站旁邊。

一人書房的店面大小與文現里亞古書堂差不多，不過每個角落都整理得乾乾淨淨，教人印象深刻。舊書沒有堆在地上，每一本書都仔細包上了石蠟紙，確實地收在書櫃上。

栞子小姐花了不少時間從這個角落看到那個角落，然後買下成堆的舊書。當時站收銀台的是一位打工的中年婦人，老闆直到最後都沒有現身。難道是故意避不見面？

「那個人在店裡也是那種感覺嗎？」

「嗯……他幾乎不會和我說話……不過零錢都有確實找給我。」

「這不是理所當然的嗎？」

不找零錢豈不是違法了？對方到底討厭她到什麼程度啊？

「這樣子妳也敢去。」

原本踏上樓梯準備上樓的她，再度一個轉身，態度和剛才一樣興奮。

「因為那家店的藏書很驚人嘛！」

看來對她來說，找尋舊書比其他一切更重要。真不愧是「書蟲」。

二樓的會場比想像中更開闊。

等距擺放的長桌上堆放著大量二手舊書。身為買家的舊書店店員們來回穿梭在長桌間的狹窄通道上。

「……總之，我們先逛逛吧。」

栞子小姐領頭走進會場。只要和其他人擦肩而過，就會有人對她說「好久不見」、「今天身體如何？」等等，感覺就像遇到久違的親戚一樣輕鬆。栞子小姐也努力打破沉默，開口回應。

看樣子這裡的每個人彼此都認識。他們全在輕鬆閒聊著，同時不忘仔細確認桌上的商品。

準備出售的書籍種類應有盡有。較新的文庫本和漫畫固然醒目，文學全集、藝術類書籍等也不少，還可以找到舊的汽車型錄、附近區域的古地圖、貌似大正時代的畢業紀念冊。另外還堆著附DVD的成人雜誌、有「18禁」標示的同人誌。也有不少讓人懷疑「這真的能賣掉嗎？」的玩意兒。

「我解釋過這個書市的運作細節嗎？」

栞子小姐說。

「啊，沒有，我想只有大略提過。」

我知道的頂多是同業會在此買賣舊書而已。畢竟今天是我第二次踏入這種場所。

「那麼我從頭開始說明……往這邊，我們別擋到人。」

她拉著我的袖子往窗邊走。這扇窗似乎就是我方才從馬路上仰望時看到的那扇。底下成排的車輛車頂反射著日光。

「舊書交換會有幾種交易形式，目前進行的是『密封投標』。買家參觀過會場中的商品後，如果有想要的舊書，可在紙上寫下金額投標。」

她像變了個人似的滔滔不絕地開始說明。一談到舊書，這個人就像啟動開關般，連個性也完全改變了。

「你可以看到每個舊書堆上都夾著一個信封吧……比如說，旁邊這個書堆——」

栞子小姐以眼神示意最靠近我們的長桌上堆著的那些漫畫。那些大約每三十冊綁成一捆，露出書背，疊成四疊，多半是目前仍在連載的青年漫畫單行本，如：《烙印勇士》、《GANTZ殺戮都市》等。

正中間的那疊書裡夾了個黃色信封，上面以鉛筆寫著「青年漫畫」、「四條口」，底下寫著「4」或「9」的數字。

「四條口是指拿出來販賣的舊書數量。那樣綁起來的一捆稱為一條、兩條……共有四捆單行本，所以稱為四條口。」

我點點頭。也就是說某家店要賣四捆青年漫畫的意思。

一名年輕的男性舊書店店員停下腳步，由上而下瀏覽著那個漫畫書堆，最後以鉛筆在手邊的小紙片上快速寫下幾個字後折起，丟入那只黃色信封裡。

「剛剛那個動作就叫『投標』吧？」

店員離開後，我對栞子小姐說。

「是的。如果有想要的商品，把金額寫在紙片上，放進信封裡。由投標金額最高的店得標，成功買下商品，這就是整個流程。金額當然要付給賣書的舊書店。」

「……信封上好像沒有寫那是哪一家店的商品？」

我提出剛剛就注意到的問題。信封上僅寫著書籍大致的種類、數量，以及看不懂的數字。

「是的……賣書的書店名稱固定以暗號表示。你看信封上有兩個數字，對吧？那數字表示賣書的書店及商品被分配到的數字。」

她指著牆邊無人的桌子。

「拿書過來賣時，首先要在那邊的販售登記表上面登記，接著將登記表丟進旁邊上鎖的箱子裡。店名只能寫在登記表上，一般人無法得知書是哪一家店拿出來賣的。」

「哦。」

發出聲音的人不是我，而是不曉得什麼時候站在我們旁邊的纖瘦男子。他穿著黑色高領毛衣，短黑髮清楚分邊，下巴有一些鬍渣，戴著金屬框眼鏡，外表看來像是四處漂流的國文老師，但是不曉得為什麼還穿著一件鮮紅色的圍裙。

「篠川會細心教人，還真意外。」

年紀也許比栞子小姐大上幾歲的他，感佩萬分地點著頭。

「啊，蓮杖先生，早安。」

栞子小姐微笑打招呼。

「妳的腳已經痊癒了嗎？」

「是的，大致上沒事了……」

她一邊說著一邊看向我。我在她開口介紹之前，先一步對「蓮杖」點頭鞠躬。

「我是五浦大輔……現在在文現里亞古書堂工作。」

「嗯嗯，我聽說過這件事。」

男子仔細打量我的臉。到底是聽說了什麼？我們沉默了好一會兒。

「不好意思，輪到我報上名字了。我是瀧野蓮杖，蓮花的蓮，手杖的杖……名字很怪吧？想笑就笑，沒關係。」

瀧野蓮杖率先微笑。我沒有想笑，我比較驚訝栞子小姐居然是稱呼他的名字。她曾說自己幾

乎沒有機會稱呼異性的名字──

不對，「幾乎沒有機會」，表示還是有機會。

「蓮杖先生是港南台瀧野書店老闆的兒子。」

栞子小姐說明道。

「我們從小就經常到彼此家裡玩……」

大概因為兩人的父母親都是同行，所以彼此熟識。從大船搭乘根岸線，過兩站就到港南台了，距離北鎌倉也不算遠。

「我家妹妹和篠川念同一所女校，她們兩個感情很好，我和篠川則不是那回事，只能算是孽緣。」

「沒那回事……蓮杖先生也很照顧我。」

栞子小姐一臉嚴肅地否定瀧野的說法。

「不，我沒有特別照顧她喔……真的。」

瀧野認真地對著我說，感覺像在揶揄我。他或許是注意到我和栞子小姐之間微妙的關係。

「今天怎樣？來買什麼？」

「嗯……想來看看絕版文庫有沒有什麼好貨……」

絕版文庫啊──瀧野喃喃自語。

「這類書最近很少出現喔，因為多數人都自己上網賣了。」

「這樣啊……說的也是，真可惜……」

「不過今天正好有。」

瀧野又說。

「咦？在哪邊？」

「那邊。」

他沒叫我們跟上就信步走過去。這個人感覺真難捉摸。栞子小姐和我跟在他身後。

「……上次休假，妳後來和我妹去哪裡喝酒了？」

瀧野轉過頭對栞子小姐說。

「呃，就是……小琉前陣子找到的酒吧，在橫濱……」

「那傢伙喝得爛醉吧？不好意思，給妳添麻煩了。」

「不……沒那回事……」

我對於他們兩人的對話感到驚訝。

「……栞子小姐也喝酒嗎？」

我小聲詢問。雖然在她家書店工作了半年，我卻不曾聽說。我還以為她絕對不碰酒。

「酒量不是很好……不過我喜歡去店裡坐坐。」

原來如此。我對自己的無知感到羞愧。早知道的話，就不用煩惱如何開口約她出門了。

「那個……那麼下次請和我一起……」

「就是這些。」

瀧野停下腳步，打斷了我的邀約。會場角落的桌上堆著五疊文庫本。

「哇啊。」

栞子小姐的表情豁然開朗，手撐著桌緣，湊近看著書背。

「不錯呢……這些很適合我們店。」

我也望著旁邊那疊書的書背。七成左右是早川文庫與創元推理文庫的書，剩下的則是其他文庫。裡頭還包括我們店裡偶爾會進貨的三麗鷗ＳＦ文庫。書堆上的信封以難看的字跡寫著「ＳＦ文庫」、「五條口」。

「最上面這一疊書品質特別好。有些書甚至可以開價到一萬圓以上。」

「全是科幻類嗎？」

「也有不少奇幻和恐怖小說……這本，還有這本，我們店裡也有賣。」

她說著，以手指戳戳最上層的書背。那是史鐸金（Theodore Sturgeon）的《影子、影子、影之國（Shadow, shadow on the wall）》，以及邵博（Bob Shaw）的《逝去的日子，此刻的幻影（Other Days, Other Eyes）》。只有那一疊書的捆綁方式較鬆散，書背有些傾斜。

「也許書主就是在你們文現里亞買的？」

瀧野說。

「或許吧……如果是我們店裡的客人，真希望他們直接拿到店裡來賣……」

栞子小姐嘆息。她不只希望常客買到好書，也希望他們能夠拿好書來賣，這樣子才能夠充實店內的書櫃。

這時突然有隻手摟上我的肩膀。瀧野把臉湊近我們兩人中間。我本來以為他要說什麼，結果他只是望著遠方，沒有後續行動。雖然我認為他不是為了摟肩膀而摟，但是——

「請問，怎麼了嗎？」

我說。

「事實上這些書呢，是我們店裡前天拿出來賣的。」

他小聲地說。

「這些是上星期我值班時買下的書，不是我們店裡擅長的領域，買下來就是準備拿來這裡賣。」

「賣書的是什麼樣的客人？」

開始感興趣的栞子小姐也跟著壓低聲音問。

「大約年過三十，短髮、樸素的女性，戴著眼鏡，似乎很喜歡書……她好像住在本鄉台。妳認識嗎？」

「……不認識。」

「那麼大概不是文現里亞的常客了。欸，喜歡就投標吧。」

瀧野說完正準備退開，卻被栞子小姐叫住。

「蓮杖先生，一人書房的老闆知道這些書嗎？」

我想起剛才在入口遇見的那位難相處的男子。如果店裡專門經手科幻、懸疑類書籍的話，他應該也想要這些絕版文庫本。

「我今天沒在會場上碰到他……他有來嗎？」

「剛剛在入口抽菸。」

「這樣啊……既然如此，他很可能昨天已經投完標了。他昨天中午也拿了自家店裡要賣掉的書過來。我想他應該不會漏掉這批書。」

說完後，瀧野就離開了。

「……一人老闆對於這類文庫本出價很高。我們對於得標價格必須有個心理準備。」

栞子小姐拿起寫著「ＳＦ文庫」的信封，根據厚度確認裡頭有多少人投標。

「看樣子除了一人老闆之外，其他店家也投標了。真受歡迎。」

她閉起雙眼，在腦中計算著金額。

這時，我注意到會場門邊站了一位身穿灰色外套的白髮男子，就是在建築物入口遇到的一人老闆。他正以銳利的視線瞪著文庫本前方的栞子小姐。

我的背脊都發涼了。雖說他和栞子小姐的母親交惡，但是對女兒有如此的敵意，到底是怎麼回事？我站到能夠遮住栞子小姐的位置上，試圖擋住他的視線。

或許是注意到我也在回瞪他，那位老闆憤而扭曲臉龐，再度從會場上消失。

「大輔先生，怎麼了？」

栞子小姐不曉得什麼時候已經睜開眼睛。

「……不，沒事。」

「我等一下告訴你價格，你能幫我寫下來嗎？我的右手套著拐杖，所以……」

「啊，好。」

我拿起桌上的投標單——會場裡到處都擺著同款的小疊便條紙。

一邊聽從栞子小姐指導填寫方式，我一邊想著一人老闆的事。他與栞子小姐的母親篠川智惠子之間究竟發生過什麼事？背後一定有更嚴重的事端，「交惡」兩個字根本不足以形容。或許連栞子小姐也不知情。

3

十一點左右開標。

話雖如此，並非整個會場已經完全停止投標。首先會有部分區域禁止進入，再逐一打開夾在書中的信封。信封裡投標金額最高的投標單會被貼在書堆上，由此可知哪一家書店得標。

一連串的作業結束後，工作人員會移動到下一個區塊繼續開標。而其他區域則繼續接受投標。我們的目標只有那堆文庫本，於是便在會場角落等待開標。

桌子之間以工地使用的紅白相間三角錐隔開，那一側有兩、三個人同心協力拆開信封。剛才和我們說話的瀧野也在其中。

「對了，瀧野先生為什麼也在幫忙？」

「蓮杖先生是營運委員。」

「營運委員？」

我反問。

「舊書市場主要由營運委員……也就是商會會員書店派人出來參與經營。這項工作有機會接觸許多舊書，因此對於剛加入二手書業的人來說，能夠學到許多東西。直到去年為止，我也是營運委員之一。」

直到去年為止，也就是在父親過世之前。既然她後來必須自己打理書店，自然沒有多餘的時間參與營運委員工作。

「……書市與商會是日本二手書業界的特色，也可說是江戶時代書店聯盟的延伸……舊書店業者彼此以這種形式互相幫忙。似乎就連在歐美也已經看不太到這樣的同業商工會了……」

聽完她的說明，我突然想到一件事。

「我是不是也應該去應徵營運委員呢？」

栞子小姐想了一下才回答我的問題。

「這個嘛……如果大輔先生打算繼續走這條路的話。」

我頓時不曉得該如何回答。我無法確定自己會繼續走這行。

「啊，好像開標了。我們過去吧。」

栞子小姐說完，拄著拐杖走開。

開始在這家舊書店工作，並非因為我想當舊書店店員，而是因為找不到其他工作；最重要的是受到這位奇妙的舊書店老闆，以及她所說的書本故事吸引。畢竟我是個無法自己看書的人。

像我這種人真的能夠勝任這份工作嗎？能夠繼續下去嗎？我沒有自信。這件事必須好好斟酌才能得出結論。

「唉……」

來到絕版文庫本前面，栞子小姐失望地垮下肩膀。上面已經貼著得標的最高金額，但不是我們的投標單。數字旁邊有個潦草的署名寫著「井上」。

「那是一人老闆的姓氏……」

她說，亦即得標者是一人書房。栞子小姐競標失敗了。

「這也是『三投標』吧？」

一人書房的投標單上寫著三排數字，每一排都是五位數。

根據剛才栞子小姐所說，這類高價投標的情況，可以同時寫上多筆投標金額。投標的規則是投標金額達五位數時可填寫三組數字，稱為「三投標」。我們剛才的投標單也是三投標。

「是的，對方高單得標了……真可惜。」

「高單？」

「就是三投標中金額最高的投標單。其次的金額為中單，最低的則是低單……請看這邊。」

栞子小姐指著三排中最大的數字，上面被另一人的字跡圈了起來。亦即對方是在最高金額的「高單」競標成功。

「嗯？」

仔細一看，寫著「井上」的高單金額與栞子小姐剛才指示的高單金額相去無幾，只多了十圓。如果我們的投標單再多寫個幾圓，得標的就是我們了。

「一髫之差……」

栞子小姐不甘心地說。

「嗯？髫？」

對於她的每句話都要提問，我也覺得過意不去，但是她用了太多專業詞彙，我很難聽懂。

「以十為單位的尾數稱為『髫』。為了謹慎起見，我還多加了幾千塊希望超越一人老闆的投標金額……結果還是估算錯誤。」

「我們的投標策略被他看穿了。」

如同我們想要推測一人書房的投標金額一樣，一人老闆應該也會嘗試預測我們的投標金額。

但是，栞子小姐搖搖頭。

「他投標的金額不是針對我們，一人老闆昨天就已經投標了……這只是實力的差距罷了。」

栞子小姐遺憾地摸了摸那些書背。開標幾乎已經結束，四周已經得標的書籍正陸續被送走。

結果我們這趟白來了。

此時穿著外套的白髮男子現身，以幾乎要撞翻桌子的力道將手推車停在桌子前面。栞子小姐的肩膀顫了一下。來者就是那位一人書房的井上老闆。

「妳在做什麼？」

「不……沒什麼……」

「……別碰我的書！」

井上老闆的吼聲讓栞子小姐退後一步。

「對……對不起……啊……」

我連忙從身後扶住失去平衡的栞子小姐。一不留神很可能會跌倒。我瞪向將文庫本放上手推車的井上。

「我們只是在看投標單而已，有什麼問題嗎？」

井上挺直背脊，緊盯著我的臉，原本不悅的眉間又皺得更深了。

「你就是五浦吧？」

「咦……」

他怎麼知道我的名字？我不記得自己曾經向他自我介紹過。

「小心那個女人啊。」

我還來不及發問，他已經推著手推車走出會場。

「那個傢伙在胡說什麼？」

莫名其妙。我要小心栞子小姐什麼東西？

「對……對啊……那個，大輔先生——」

「嗯？」

「可以放開我了……會……會被人看見……」

我這才注意到自己剛才為了怕她摔倒，伸手環上了她的腰。她面紅耳赤地低著頭。

「啊，對不起。」

就在我快速放手之際——

「喔，找到了。篠川。」

瀧野推開人群走過來。

「文現里亞拿出來的商品流標了。」

「咦……？」

栞子小姐眨了眨眼，似乎發生了不可思議的情況。

「怎麼可能……」

「就在那邊啊，那堆精裝書。」

我還沒弄清楚發生什麼事，只好迫不得已打斷他們。

「……對不起，『流標』是什麼意思？」

「意思是商品拿出來拍賣卻沒有人投標……」

栞子小姐回答。原來如此——我點點頭，下一秒又不解偏頭。文現里亞古書堂應該什麼書都沒有拿出來賣才對呀。

「……蓮杖先生，真的是我們店裡的東西嗎？」

栞子小姐問。

「販售登記表上寫著文現里亞，總之你們先跟我來。」

我們跟著瀧野橫越會場。各桌面上的商品已經所剩無幾。結束搬書工作的舊書店老闆們開始在角落下將棋。那將棋到底是從哪裡拿來的？

「就是這堆。」

靠窗的桌上堆著大量老舊的單行本，內容幾乎都是書信範例、婚禮儀式說明、簿記證照參考書等實用書，每一本都被曬到嚴重褪色，要擺上均一價手推車出清都有困難。

「這些是什麼？」

我小聲問栞子小姐。瀧野說這是我們店裡拿來的，我卻連看也沒看過。

「嗯……看起來多半是十年前的書……」

栞子小姐瞇起眼睛說。

「反正你們快點想辦法清空這張桌子吧。」

背靠窗戶的瀧野以下巴指指桌面。

「可是，這些不是我們的書……」

話還沒說完，偶然瞥向外頭的瀧野突然睜大雙眼，大喊：

「啊，對不起！你們哪位的車好像遭到違規停車取締了！」

會場內的舊書店老闆們紛紛跑近窗邊，我們兩人則靠向走道旁邊。這麼說來，大部分的車都還停在馬路上。話被打斷的我和栞子小姐面面相覷。

「這種時候該怎麼辦？」

「該怎麼辦呢……」

栞子小姐似乎也不知所措。

4

開店第一件工作就是整理櫃台底下。

想辦法清出點空間，才能夠塞進從舊書會館帶回來的那堆書。主屋的倉庫已經裝不下了，這些書只得暫時擺在店裡。

昨天從書市回來後想了一晚，我還是不曉得那些書究竟來自何方。舊書會館不能替我們保管，想要處理掉又是一筆開銷。再說也不知道原本的書主是誰，根本沒辦法處理掉那些書。

文件上認定那些書是文現里亞古書堂拿出來拍賣的商品，因此與商會討論之後，決定在釐清整件事情前，先由我們書店代為保管。

結果我們不但沒標到想要的絕版文庫本，還得帶回這些無法當作商品的舊書。再加上當天離開舊書會館時，發現我們停在馬路上的廂型車被貼上禁止停車的貼紙，真的是賠了夫人又折兵。

話說回來，到底是哪一家店以文現里亞古書堂的名義拿這些書去賣呢？實在很難想像是文件出錯，而且也想不出對方必須特地這麼做的用意為何。就連擅長解謎的栞子小姐也找不出線索。

我蹲下看著櫃台底下的書。聽說栞子小姐的母親只要見過藏書，就能夠說出書主的特徵。我雖然無法做到同樣程度，不過也許可從書背看出些端倪。

這些書與第一眼看到的印象一樣，只是一堆書況很差的實用書。

不過，一直盯著看，還是有一些發現。裡頭夾雜著幾本《舊書術。》、《絕版文庫挖掘筆記》、《街上的舊書店入門》等與二手書有關的書。也就是書主是對舊書有興趣的人——

（我是白痴嗎？）

搖搖頭站起身。這些特徵屬於原本持有這些書的人，並不是把書拿出來拍賣的書店。就算我有什麼想法也是枉然。

此時通往主屋的門打開了，栞子小姐走出來。她今天穿著白色針織洋裝，胸前裝飾著細緞帶。樣子雖然比平常更可愛，可是也比平常更沒精神。

「……請把這些裝進塑膠套後上架。價格就按照便條紙上寫的。」

她嘆息著將百貨公司的紙袋遞給我，紙袋裡裝著六、七本文庫本，每本書上都貼有寫了數字的便條紙。

「這些書是怎麼回事？」

「我房間裡的絕版文庫本……有重複的，所以拿出來賣掉。書櫃裡面好像還有，我等一下再去拉出來看看。」

意思是這些是她私人的藏書。為了充實店內書櫃而選擇放手。我接過紙袋，把裡頭的書排在櫃台上。這些書看來是以懸疑、科幻為主，有福里曼・克勞夫茲的《葛魯特公園殺人事件（The Groote Park Murder）》、卡文・安娜（Anna Kavan）的《茱麗亞與火箭砲（Julia and the Bazooka）》等。我記得她住院時正在讀《茱麗亞與火箭砲》。

（嗯？）

裡頭摻雜了一本封面格外華麗的文庫本。穿著白色洋裝的年輕女性插畫上頭寫著粉紅色的書名《蒲公英女孩》。從副標題「西洋科幻愛情傑作選②」可知這是國外的科幻小說沒錯。仔細看看，原來是集英社鈷藍文庫的書。我還以為只是給國、高中女生閱讀的文庫本，原來這類書在舊書市場也有行情。

我確認了一下便條上的價錢後愣住——八千圓。這是這些文庫本當中最昂貴的一本。

「為什麼這本書這麼貴？」

「啊，那個啊！」

栞子小姐的聲音突然雀躍了起來。

「因為書中收錄了羅伯特．富蘭克林．楊（Robert Franklin Young）的《蒲公英女孩（The Dandelion Girl）》！內容講述的是時空旅行，是相當出色的短篇作品！」

她手舞足蹈。話題只要一講到書，總會啟動她的開關，然而這次她的反應格外興奮，看來她十分鍾愛這本書。

因此被勾起興趣的我也將上半身探向前。所謂時空旅行，就是可以在過去、現在、未來的時間中隨意往來吧。雖然這個問題有點多餘，不過——

「主角去了過去還是未來呢？」

「過去……不過嚴格來說，並非主角回到了過去。主角是現代一位極其普通的中年男子，趁著暑假前往山中小屋度假，妻子卻臨時有事無法同行，落單的他因此覺得無聊。某天，他在山丘上遇到身穿白色洋裝的美麗金髮少女。」

我低頭看看封面。就是這位少女吧，與栞子小姐今天的打扮正好有點類似。雖說頭髮顏色完全不一樣。

「她說自己是搭乘父親打造的時光機，從兩百四十年後的未來而來，因為喜歡主角所在時代的那座山丘，所以她每天都會回溯兩百四十年來到這裡。也就是說，從主角的時代來看的話，她每天都會出現在山丘上——少女這樣對初次見面的主角說。」

栞子小姐像在說悄悄話一樣湊近我的臉。近距離下，她的眼睛充滿著雀躍的光芒。

「『前天我看到的是兔子。昨天是鹿。今天是你。』」

我的胸口一陣鼓動，彷彿自己就在那座山丘上聽到她這麼對我說。

「這……這句話真美。」

「對吧？聽到這麼可愛的一句話，會喜歡上對方也不意外。」

栞子小姐天真無邪地笑著，似乎不明白自己做了什麼。

「……後來呢？」

「主角只當她的說法是想像力豐富，沒有否定她，並繼續和她來往。他們每天約在山丘上聊天，漸漸地，主角受到年紀相差很多歲的少女吸引。然而自某天起，他卻再也沒有遇見少女。主角的心因為對少女的戀慕以及對妻子的愛，而受到罪惡感折磨……幾天後，少女穿著喪服再度出現在山丘上。」

我稍微想了想。

「她的父親過世了嗎？」

「是的。少女說製作時光機的父親過世了，沒有人能夠幫忙更換零件……不曉得將來是否還能夠繼續時光旅行，於是她做好不會再見面的心理準備，前來見主角……」

栞子小姐的表情突然變得陰鬱。好像突然想起了什麼。

「《蒲公英女孩》是父親最喜歡的書。他經常閱讀這本書，所以我也很想要這本書……原本一直找不到……」

她伸出食指慢慢輕撫書背。櫃台上的《蒲公英女孩》書況很好，看不出是幾十年前的書。書的主人一定相當珍惜這本書。

「把它賣掉沒關係嗎？」

「我想應該有客人想要這本書……而且我自己還有一本。」

我把到嘴邊的話吞下去。好不容易找到的絕版文庫本「還有一本」——那本或許是父親的遺物吧。

「……故事的後來呢？」

「少女與主角約好會努力回到過去與他相見，向主角表露自己的情感後便離開了。可是少女卻再也不曾出現在主角等待的山丘上。」

「咦？這就是結局嗎？」

真是傷心的故事。唉，不過就算少女能夠回來，兩人或許也只能外遇而已。

「不，還沒完，還有後續。」

栞子小姐的話裡充滿熱切。少女明明回到了未來，已經無法再相見，故事要如何繼續下去？

正當我準備催促她繼續說下去——

「你們——故事說完了沒？」

從敞開的主屋門裡傳來聲音。馬尾少女坐在走廊邊一手支著下巴。大眼睛和帶著日曬痕跡的皮膚令人印象深刻，她穿著全套舊運動服，手上戴著粗布手套。那是栞子小姐的妹妹篠川文香。

「姊姊叫我幫忙搬書，所以我在這邊等著。大掃除還沒結束喲！等一下還要清理抽風機、洗浴室磁磚、換拉門的紙！沒剩幾天就要除夕了！」

這麼說來，栞子小姐剛才說要從書櫃深處拉書出來。右腳行動不便的栞子小姐一個人要辦到應該很困難。

「啊，小文，抱歉……」

「不好意思，都怪我問了栞子小姐書的事情。」

我一道歉，栞子小姐連忙揮舞雙手。

「沒那回事。不是大輔先生的錯……小文，是我，都怪我的壞習慣，不小心就……」

「啊，你們誰都好啦！」

文香直接打斷我們的辯解。

「我一點也不在乎原因是什麼！反正我只想快點打掃！姊，走了！」

「呃，好……」

栞子小姐被妹妹拖著消失在主屋裡。剩下我一個人翻開手中那本《蒲公英女孩》的開頭。

看見站在山丘上的少女時，馬克想到女性詩人朱蕾，大概是因為少女那頭蒲公英色的頭髮隨風飛舞，站立的背影沐浴在午後陽光底下的緣故吧。也或許是那身復古的白色洋裝在修長雙腿四周翻飛的關係。無論如何，馬克都強烈覺得少女像是穿越了過去，來到現在。

或許也是因為譯文優美的緣故，這本書的內容確實引人入勝。剛才沒說完的故事令我好奇。直接翻開結局閱讀好了——不行，這樣未免太無趣。這篇小說內容看來很短，我應該能夠一鼓作氣讀完。可惜現在是上班時間。雖說店裡沒有多少客人。

我還沒做出決定，店裡的電話正好響起。拿起話筒還沒報上店名，對方已經開口說話：

「我是瀧野書店的瀧野……呃，五浦嗎？」

是昨天在舊書會館認識的瀧野蓮杖。

「啊，是的。昨天很謝謝你。」

「篠川在嗎？」

「她現在在主屋裡。要我去叫她嗎？」

「這樣啊，那就麻煩……不，等等！既然對方是那個人，告訴篠川也無濟於事……你有時間聽一下嗎？」

瀧野認真的聲音讓我有股不祥的預感。我重新握好話筒。

「……請說。」

「昨天你們也下標的那批書，就是最後由一人書房井上老闆得標的那批絕版文庫本——」

「咦？啊，是的。」

就是只差十塊錢競標失敗的那批文庫本。如果我們標到的話，栞子小姐就不用拿自己的藏書出來賣了。

「事實上剛才井上老闆來找我談那批文庫本。」

「找你……去店裡嗎？」

「是的。與其說是找我，嚴格來說是來抱怨……大事不好了。」

「發生什麼事了嗎？」

不祥的預感逐漸湧上來。

「嗯，應該算是……有事故發生。」

「……事故？」

「啊，不好意思。所謂『事故』是指得標後才發現商品狀況極差，有掉頁、缺頁等情況。

嗯，就像一般購物後發現買到瑕疵品一樣……按照井上老闆的說法，前天下午他投標時，那批書中確實有某本文庫本，結果得標後把書帶回家，卻發現那本文庫本消失了。那本書相當有價值……所以他先找上拿書出來賣的我，把事情問個清楚。」

「書弄丟了嗎？」

「詳細情況我也不太清楚，不過井上老闆似乎認為有人偷走那本書……唉呀，其實我不認為有這種可能，畢竟能夠進入會館的只有商會的人，再說大家彼此都打過照面，怎麼樣也不可能發生竊案。」

一邊聽他說話，我一邊思考，卻無法連接整件事情。這些事情究竟跟栞子小姐有什麼關係？

我忘了先問最重要的事。

「對了，不見的是什麼書？」

「聽說是鈷藍文庫的《蒲公英女孩》……你知道這本書嗎？」

我不禁屏息。

5

「《蒲公英女孩》是《西洋科幻愛情傑作選》那本……？」

「喔，你居然知道啊。我之前聽說文現里亞的兼職人員對書本不熟悉呢。」

「呃，那個，我只是正好知道。」

我含糊回應。實品就在我面前，怎麼可能不知道？

「那本書被偷，是真的嗎？」

「嗯？什麼意思？」

「我的意思是那堆文庫本裡真的有那本《蒲公英女孩》嗎？會不會是一人書房的老闆弄錯了……？」

第一個浮上腦海的就是這項懷疑。如果只是單純的誤會，一切就能夠平安無事解決了。但是瀧野乾脆地否定了這項可能。

「我也記得自己曾經估價、收購到那本書喔。因為我對科幻類的絕版文庫本不熟，所以當時價格沒有訂太高……但客人也說收購價多少都無所謂，才有了印象。」

「賣書的不是對舊書很熟悉的人嗎？」

我記得當時他說過賣書的人是「愛書的三十歲眼鏡女性」。如果很熟悉舊書，對於售價方面應該也很有原則。

「她說現在已經不像以前那麼愛書了，再加上她決定離婚後要搬家，所以只想快點清理掉不需要的物品，離開那個家。聽說她和前夫雖然曾經共同生活了十年，一碰面還是會吵架。」

書主的經歷與鈷藍文庫的作品一點也不搭調。但現實或許就是如此殘酷。

「嗯，這樣一來，問題就變成到底是誰偷走那本書了……井上老闆不曉得為什麼直指犯人就是篠川。」

我的背後滲出討厭的汗水。雖說店裡的暖氣一點也不溫暖。

「為……為什麼……？」

「我也不知道。井上老闆突然就說：『既然是篠川的女兒，有其母必有其女，她一定也是個表裡不一的傢伙！』我一直試著說服他篠川不會拿人東西，但他就是……」

電話那頭傳來嘆息聲。

「我必須將這件事呈報給商會理事們知道，也已經知會井上老闆這一點。暫時還是希望你們小心一點，看他那個樣子，應該這幾天就會找上文現里亞。篠川如果應付不來的話，你可以幫忙。如果還有問題，就和我聯絡。」

「……我明白了。」

我無法不去思考栞子小姐被懷疑這件事。

正如瀧野所說，我也確信栞子小姐不會做出偷書這種事，畢竟她曾經遭受不擇手段也要得到鎖定之初版書的男子攻擊而受傷，我相信她一定比任何人還要唾棄這類行徑。

但是，唯有一點我無法釋懷，就是栞子小姐拿出了《蒲公英女孩》這本書。她正好拿出那本從眾多絕版文庫本中消失的書，也正好選在這個時間點指示我將這本書上架——一切也未免太過巧合了。

「喂喂，你在聽嗎？」

聽到瀧野的聲音，我才回過神來。

「抱歉。剛才沒聽清楚。」

「這樣啊。嗯，雖然也不是什麼大不了的事情，不過我很難當著篠川面前說……有你在文現里亞工作真是太好了。」

瀧野語帶誠懇地說。

「……為什麼這麼說？」

「篠川那個人很怕生，唯有談到書才會滔滔不絕，工作雖然認真，但就是無法與其他舊書店的人相處，即使僱用兼職人員，也往往因為無法溝通而待不久。」

這一點我也曾經聽栞子小姐大略提過。那些人都因為她太喜歡聊書，無法忍受而辭職。

「接著又發生腳受傷的事。商會的人都在擔心文現里亞會不會收掉……嗯，雖說也許不是所有人啦。不過一聽說夏天到任的兼職人員工作很認真，讓書店得以持續經營下去，大家也因此鬆了口氣。」

「雖說不是所有人」這句話或許是在說一人書房的老闆吧。我突然想起和井上談話時所發生的事。

「大家都知道我的名字嗎？」

「嗯？什麼意思？」

「昨天井上先生稱呼我『五浦』。我們明明是第一次見面。」

「哦？他也許是從哪裡聽來的吧……大家流傳的八卦只有文現里亞的兼職人員奇蹟似地待了很久而已，我想他們都不曉得你的名字和長相。就連和篠川有私交的我也是昨天才知道。」

「這樣啊……」

愈來愈奇怪了。他究竟是從哪裡知道我的名字？

「總而言之，篠川很信任你。我和她認識很久了，所以我知道。對她來說，你或許是除了她父親之外，她最願意接納的異性了。我不是開玩笑。」

「……那麼，你呢？」

我順勢就開口問了。他們兩人的感覺雖然像兄妹，但是這個人與栞子小姐應該也很親近才對。就算說他們曾經交往過，我也不意外。

「啊——經常有人這樣問我。」

我聽見他輕啐了一聲。

「我現在很少和篠川說話。我們都很喜歡書，所以過去經常聊書，但是我們的喜好不同……

該怎麼說，她偏好讓人無法割捨、胸口會發燙那一類的作品。」

聽他這麼說，好像真的是這樣。在我面前的《蒲公英女孩》大概也算是「讓人胸口發燙」的作品。

「……而我喜歡噁心、令人毛骨悚然的類型。大概就是恐怖或懸疑類的作品。篠川雖然也看過不少這類作品，不過她有個壞習慣，連殘忍的描寫也喜歡探求意義。很久以前我們曾為了某本小說最後一章的解釋而大吵一架，從此就開始保持距離了。」

「最後一章？」

「我不曉得你知不知道那本書，故事設定是近未來，講述不良少年只知道使用暴力……」

光這樣講就讓我想起一本書，雖然我沒讀過，不過我知道那個故事。

「莫非是《發條橘子》嗎？」

「你居然知道！」

瀧野的聲音高了八度。

「我們曾經就那本書到底需不需要最後一章而激烈爭辯。我認為不需要，而篠川認為需要……她跟你提過這件事嗎？」

「不，不是……只是我碰巧知道這本書。」

大約三個月前，安東尼・伯吉斯的《發條橘子》曾在店裡引起一陣小騷動，不過我很難簡單向對方說明這件事。

這本小說的最後一章講述「只知道使用暴力」的不良少年，也就是主角後來改過自新。日本多年來販售的都是刪除最後一章的版本。

「只是碰巧知道就知道這麼多，你很厲害嘛……我允許你從明天開始和篠川交往。」

「什麼！」

我不自覺對著話筒大喊。我也知道自己反應過度了。

「……嗯，不過這事還需要她本人的同意才行。」

廢話。

就算我想和她交往，她也沒那個意願。她前陣子已經說過不想結婚，因為她怕自己做出和母親一樣的事。

我轉頭看向主屋，確定栞子小姐沒有回來。

「請問栞子小姐的父母親是什麼樣的人？」

我想以迂迴的方式打聽關於篠川姊妹的母親——篠川智惠子的事情。這兩家人既然是世交，瀧野應該知道些什麼才是。

我聽出話筒那一頭的人正在猶豫。

「……你知道篠川伯母離家出走的事情吧？」

「知道一些。」

「這樣啊……嗯，他們感情很好，至少在我看來是這樣。」

他像是在咀嚼記憶似地慢慢開口：

「篠川伯父是個沉默寡言的人，伯母則相當健談，個性很開朗……他們兩人都喜歡書，沒有客人的時候，老是在聊書的事情。」

「只有他們兩人一起經營這家店嗎？」

「嗯，是的。不過從我懂事的時候，伯父已經不過問店裡的事。聽說伯母開始在文現里亞工作，店裡就變得生意興隆……嗯，當然也有不少像井上老闆一樣，與她不合的人就是了。」

瀧野緘口不語，似乎在猶豫接下來的內容該不該說。

從電話那頭傳來些許物品的聲響與其他人的聲音。「不好意思，請您稍等一下。」瀧野這樣回答對方。

「抱歉，我有客人。改天有空我再慢慢告訴你。總之，你們要小心井上老闆。先這樣。」

瀧野匆匆說完就掛了電話。文現里亞古書堂這邊則仍舊沒有半個客人，店裡一片寧靜。

（……怎麼會發生這種怪事？）

昨天去了書市之後，就陸續發生多起詭異的事情，例如：以文現里亞古書堂名義拿出去賣的精裝書、與一人書房競標的文庫本《蒲公英女孩》遭竊、栞子小姐拿出《蒲公英女孩》準備上架出售——總覺得這些事情互有關係。

儘管如此，我還沒有能力找出彼此間的關聯。首先應該找能夠找出關聯、了解情況的人問問才對。

「不好意思，我回來了……」

栞子小姐再度從主屋回到店裡。她手上拿著與剛才相同的紙袋。

「誰打電話來？」

她問。對了，我手上還緊握著話筒。我離開電話前面，接過她手上裝著文庫本的紙袋。

「瀧野先生打來的。」

「蓮杖先生？真難得。他有什麼事嗎？」

「……聽說昨天書市發生竊案了。」

「咦？真的嗎？」

她眼鏡後側的眼睛圓睜，怎麼看都像真的很驚訝。我簡單說明從瀧野那裡聽來的事情——與《蒲公英女孩》有關的事。一聽到一人書房標下的書中原本有那本《蒲公英女孩》，栞子小姐沉默地低頭看向櫃台上那本藍皮書。從表情看不出她在想什麼。

「呃，這本《蒲公英女孩》……」

也不曉得是偶然還是什麼原因，就在我斟酌語句準備開口發問之際，玻璃門突然嘎啦作響。

刺骨的寒風吹進書店後側。進門的是身穿長大衣、鈕子扣到領子底下的白髮男子。他今天沒戴眼鏡，不過手上握著一支不鏽鋼粗手杖。

來者是一人書房的老闆。

「啊……」

栞子小姐怯生生地驚呼，我則是感到愕然。沒想到他這麼快就現身了。井上幾乎沒用到手杖，大步向我們走來。糟糕！我想到時已經太遲。

井上一看到貼著便條的《蒲公英女孩》，整張臉立刻憤怒漲紅。

「果然是妳幹的！」

他對栞子小姐怒吼。栞子小姐躲在我背後緊抓住我的手臂，驚恐得說不出話。

「……對不起，請問您指的是？」

我盡量冷靜開口，同時做好反擊準備，萬一對方撲上來，我打算壓制他。對方雖然看起來沒什麼力量，不過右手的手杖恐怕不好對付。

「我指的當然是這本《蒲公英女孩》啊！昨天在舊書會館，這女人從我得標的書中偷走了這本書！」

「咦？不……不……是……那……那本……是我的……」

「她怎麼可能做這種事？」

我代替栞子小姐否認。眼角看見她也微微點頭附和。

「這是她的書。」

「開什麼玩笑？你想說一切只是巧合嗎？」

「……我的確是這麼認為。」

雖然我的心底深處不認為這只是巧合，但在現在這種情勢下，也只有如此主張了。為了避免對方看穿，我連忙補充道：

「她怎麼可能在大庭廣眾下偷書？」

我直接轉述瀧野告訴我的話。井上瞇起眼睛，似乎終於注意到我的冷靜。

「瀧野那小子已經和你聯絡過了是吧？……真多事。」

他不滿地啐道：

「她當然有機會偷書啊。我在開標前回到會場時，她正躲在你高大的身軀背後……當時附近有其他人嗎？」

我有些意外。的確，當時我正在和井上互瞪，同時為了保護栞子小姐而遮住她，放置那批文庫本的桌子正好位在會場角落，別人很難注意到。

「你有證據……」

「這種事情只要一調查就會知道。你一味包庇她的話，就是共犯。還是說你真的相信這個女人表裡如一？」

栞子小姐究竟是不是表裡如一，我想最清楚的人就是我。之前，她為了保護太宰治的《晚年》初版書，與舊書狂田中敏雄對峙時，欺騙了身邊所有人，包括警察在內，讓自己暴露於危險之中。一旦發生萬一時，她會不擇手段，憑藉毅力達成目標。

「這傢伙可是篠川智惠子的女兒啊，連長相都和那個女人如出一轍！」

井上拉高聲音說。仔細一看會發現他的指尖和下顎都在微微顫抖，我這才注意到這名男子對栞子小姐的母親抱持的不僅僅是敵意，也由於這位女兒外貌神似母親，提醒了他篠川智惠子的存在，他因此感到害怕。

篠川智惠子在舊書買賣上甚至不惜動用威脅手段。或許這位井上老闆也曾是受害者。

「她不是小偷。」

我直言。我能夠確定的只有這一點。

「你有什麼證據這麼相信她？小姑娘的美色嗎？」

從剛才開始，我的手臂上就感受到強烈的心跳。栞子小姐正攀在我的手臂上。大而柔軟的物體抵著我的手肘，讓我很難專心說話。

「不……不是。」

我想應該不是。

「那麼是什麼？告訴我啊！」

我頓時語塞。事實上我剛剛才正要仔細問問她整件事的來龍去脈。現在要我提出證據，也很傷腦筋。

「怎麼？答不出來嗎？」

井上催促道。手臂上原本感覺到的顫抖停止了。栞子小姐不曉得什麼時候已經停止顫抖，屏氣凝神地等待我的答案。總之，我如果不說點什麼，似乎很難撐過這個局面。

「……不可能是她偷的。」

「所以我說證據……」

「如果犯人是她的話，被偷的書不可能只有一本，她一定會一本不留，把好書全都拿走。」

說完，我對自己的說法也感到不解。這樣說根本不是在替她辯護，比較像是在拐彎罵人吧？

但井上卻突然失去力氣，嘆息道：

「……原來如此。」

沒想到他居然接受這個答案，這一點更讓我意外。

「假設你說的沒錯，表示偷我書的另有其人吧？」

「嗯……對啊……」

「既然如此，你必須在今年結束之前把犯人找出來。」

「咦……」

我頓時語塞。不管怎麼說這也太亂來了。

「如果你找不出犯人，我就去報警。在那之前，這本書先放我這兒，這是證據。」

井上抓起櫃台上的《蒲公英女孩》，不等我們開口，就快步走出店外。玻璃門大大敞開著，留下我們兩人待在冰冷的文現里亞古書堂裡。

這下不妙了——我心想。書市發生竊案，而且與遭竊的書相同的書出現在我們店裡，這些事情我們無從否認起。如果井上堅持栞子小姐是小偷的話，警方搞不好也會被他說服。栞子小姐捲入這種事情不但會流言四起，還會影響到書店商譽。田中敏雄的事情才發生不到半年啊。

再說，我怎麼可能立刻找出犯人？怎麼想都不可能。

「……大輔先生。」

栞子小姐不知何時已經離開我的手臂，近距離仰望我的臉。她的雙眼溢著淚水，就像快要哭出來似的。一人書房的老闆這麼可怕嗎？不對，可能是我說的話傷到她了。「如果犯人是她，她一定會一本不留，把好書全都拿走」——這種情況怎麼可能發生？總之，我必須道歉。

「呃，剛才……」

「方便的話，我們今晚去喝酒吧？」

「什麼？」

我不禁懷疑自己的耳朵。

6

打烊後，我們搭乘橫須賀線前往大船。

我原本打算選一家時尚的店家，但是栞子小姐指定要去「我常去，而且靠近車站的店」，我只好選擇一走下車站階梯就能抵達的連鎖日式居酒屋。自動門打開的瞬間，立刻響起店員充滿氣勢的招呼聲。

幸好店內沒有多少客人，我們可以安心喝酒。

我們面對面坐在店內後側的四人座上，栞子小姐馬上將飲料單遞給我，並且以一如往常的戰戰兢兢口吻問送上小菜的店員：「請問有八海山嗎……？」沒想到她一入座就點了日本酒。

「妳喝日本酒？」

「我不太喜歡其他酒類……酒量也不是很好。」

我沒聽過有人酒量不好還只喝日本酒的。搞不好她其實酒量很好，只是沒有自覺。我則點了啤酒。

小聲說完乾杯後，我還是不敢相信我們正在單獨喝酒。很難想像剛才的情況會演變成現在這個局面。

琹子小姐始終微低著頭，比平常更加寡言。不知道她找我出來喝酒究竟有什麼打算，不過有些事情我想趁著還沒喝醉之前先說。我放下啤酒杯。結果還是來不及為早些時候的失言道歉——

「剛才在店裡……」

「那個，剛才真是謝謝你。」

她突然抬起頭說。

「咦？謝什麼？」

「剛才一人老闆在場時，你代替我幫我說話……真的幫了我大忙。今天這一頓我請客。」

我有些莫名其妙，不過她似乎真的在道謝。她拿起裝在小木盒裡的玻璃杯一飲而盡，喝酒的模樣出乎意料地豪邁。

「我必須向妳道歉。」

「道什麼歉？」

她不解偏頭。

「就是我剛剛說：『如果犯人是她，她一定會一本不留，把好書全都拿走』……」

「啊啊，那個啊。」

她這才想起，拍了下手，眼眶稍微開始泛紅。

「別放在心上，那是事實。」

看來她似乎真的會那麼做。我默默喝下啤酒。

我們的前後座位都沒有客人，除了偶爾經過的店員之外，待在店裡後側的只有我和栞子小姐。與在店裡工作時一樣，我們只是有一句沒一句地聊著，不過也不覺得尷尬。

喝了酒之後，栞子小姐比較放鬆了，開口的次數雖然沒有增加，不過動作和表情變得比較多變。她喝醉的樣子真可愛。

「就快過年了呢……」

吃完一輪點的料理後，她抬頭看向牆壁，若有所思地說。她的視線落在尾牙活動的海報上。喝到飽只要加三千五百圓。不曉得為什麼宴會上要出現兔子的插圖。

「……為什麼會畫兔子呢？」

「也許因為明年是兔年吧。」

「啊，原來如此。」

二〇一一年的確是兔年。可是這種表現方式不覺得有點難懂嗎？

「……『前天我看到的是兔子。昨天是鹿。今天是你』。」

栞子小姐緊握日本酒杯吟唱般說完，便得意洋洋地笑了起來，彷彿在表示自己說得真好。對於她的舉動，我不曉得該做何反應。

對了，還有關於《蒲公英女孩》的事情要問。

「那本《蒲公英女孩》……」

「你想知道主角和少女分開後，接下來的發展嗎？」

雖然還有其他更重要的事情必須擔憂，不過聽她這麼一說，我開始對後續發展感到好奇。看樣子我也喝了不少。

「我想知道。」

「……休假結束後，主角回到原本的生活，卻忘不了少女……後來他終於以另一種方式發現自己與那位少女的關係，那方式與在山丘上相遇時不同。」

也許是醉了的關係，栞子小姐說話速度比平常更緩慢。這種說話方式也不壞。

「少女有個天大的祕密瞞著主角，這是個無論如何都不能說，很有可能會破壞他們關係的祕密……主角自問：『她為什麼不告訴我？為什麼直到現在仍不願開門見山地說出來？』知道一切真相後，他再度回到她的身邊。故事到此結束。」

「……嗯？我覺得妳好像忽略了什麼重要的內容？」

栞子小姐重重點頭，從擺在隔壁座位上的包包裡拿出包著石蠟紙的《蒲公英女孩》遞給我。

「這部分還是自己閱讀比較有趣。故事很短……如果真的讀不下去，我再說給你聽。」

「妳一開始就打算借我這本書，對吧？」

她再度點點頭，看樣子真的很希望我親自閱讀這本書吧。我默默收下那本文庫本，收進外套內側口袋裡，免得忘記帶走。既然那是她父親的遺物，當然必須好好保管。

「我想父親應該也抱持同樣的想法吧。」

「什麼意思？」

「對於母親，他或許也有『為什麼不告訴我？……為什麼不願開門見山地說出來？』這種想法吧……」

我不自覺坐直身子。也許是酒精的推波助瀾，她居然主動提起自己的母親。

「妳的母親也有祕密嗎？」

「我想她一定有什麼事情瞞著我們……自從母親突然失蹤後，父親經常反覆閱讀這本書，像是在找尋線索。」

「妳不曾和父親談過母親的事嗎？」

「父親原本就是個鮮少表露情感的人……尤其在母親離開後更是如此。對於這件事，他也許比我更生氣……」

真的是這樣嗎？我心底閃過這個想法。有時家人的想法反而最難懂，尤其是當事人自己不願開口時。我也有過類似的經驗。

栞子小姐一口氣喝光杯中酒，看似要斬斷自己的思緒。

「對了，我們該怎麼找到那名犯人呢？」

我改變話題。原本是打算上班時間談，可是她剛才一直在主屋裡講電話，所以我沒能夠找到時機談這件事。

「是不是該找瀧野先生商量？」

栞子小姐沒有回答。

「栞子小姐？」

「……嗯，是。」

她搖晃著腦袋含糊回應。看樣子是已經醉了卻還一口氣把酒喝光，結果頭暈了。

「我請店員拿水來吧？」

「不用……沒關係……」

咯！她打了個嗝。看起來實在不像沒關係。

「《蒲公英女孩》那件事的話，沒關係……」

原來沒關係的是書啊。無論是書還是她，都不是沒關係的狀態吧？她口齒不清的情形愈來愈嚴重。

「我已經知道這次事件的犯人是誰了……」

「咦？」

我的酒意瞬間消散。

「真的嗎？」

「真的……雖然還有一些不明白的地方，不過……咯！」

看樣子還是請店員送水來比較好。就在我準備叫店員時，栞子小姐雙手撐著桌面，上半身向我湊近，仰頭看著我，髮尾就快要浸到裝炸豆腐的容器裡去了。我若無其事地把容器移遠。

「犯人明天應該會到店裡來……我已經安排好了。希望大輔先生也務必要在場……麻煩你了。」

「我知道了。話說回來，我明天本來就要上班啊。」

栞子小姐綻開笑容。謎題真的已經解開了嗎？我擔心得不得了。

7

瀧野出現在文現里亞古書堂是隔天的中午過後。他雙手插在牛角釦粗呢大衣的口袋裡，走近我所站的櫃台前。

「這家店還是一樣寒風刺骨吶。」

他以這句話代替打招呼。

「風從縫隙裡吹進來……你怎麼來了？」

「篠川昨天打電話給我，說《蒲公英女孩》那件事有很重要的話要對我說，要我來一趟。那傢伙怎麼樣了？」

「現在正在屋裡午休。」

過了一晚，她一如往常，沒有留下絲毫醉意，更沒有訂正「犯人會來」這句話，我想犯人等一下大概真的會出現。

（……嗯？）

我凝視瀧野的臉。難道就是這個人——不對，怎麼可能？不應該想太多。

「我去叫她。」

就在我轉身要走向店裡後側，通往主屋的門正好打開。栞子小姐回來了。

「啊，蓮杖先生……還麻煩你特地前來，真抱歉。」

她低頭鞠躬。

「我們家書店今天正好休息，沒關係……然後呢？有什麼重要的話要說？」

「就是《蒲公英女孩》的事情，我已經大致了解情況了……不過我希望蓮杖先生事後能夠替我向一人書房的老闆說明整件事。」

原來如此，我心想。照理說最好的辦法就是讓受害者井上老闆直接到場親眼見證，但栞子小姐和那位老闆處不來，所以才會希望瀧野代為轉達。

「妳已經找出答案了嗎？」

「是的……」

「這樣啊……我明白了，我會去向井上老闆說明。」

瀧野點點頭後，栞子小姐輕輕一咳。從她委託瀧野代為轉達可知他不是犯人。那麼，犯人究竟是誰呢？

「剛開始聽到發生竊盜案時，我原本覺得很奇怪……犯人為什麼只偷走《蒲公英女孩》這本書呢？」

「不是因為這本書在舊書市場很有價值嗎？」

我說。

「那堆書裡還有好幾本更有價值的文庫本，犯人卻完全不看在眼裡，只抽走《蒲公英女孩》……所以我想，犯人的目標或許就是那本書，也因此大致上鎖定了犯人是誰。」

「妳的意思是，犯人是商會的人嗎？」

瀧野問。栞子小姐搖頭。

「不一定是商會的成員。」

「嗯？妳說犯人是外來人士嗎？」

「理由我等一下再解釋，不過我的確認為是外來人士所為。那個人為了偷《蒲公英女孩》侵入舊書會館，然後離開。」

「等等，外來人士無法進入舊書會館吧？再說商會成員們都掛著名牌。如果有可疑分子在現場遊蕩，一定會被人看到。大家彼此都認識，而且也都知道哪個人隸屬哪家書店。」

「這裡存在一個盲點。至少有一位店員是大家不知道名字也沒見過面，而犯人就是假扮成那個人混了進去。」

「他假扮誰？」

我問。栞子小姐一直盯著我的臉，我們足足四目相對了十秒鐘之後，我才想到答案。

「……難道是，我？」

「是的。戴著我們書店的名牌混進去，被人叫住也只要說自己在文現里亞古書堂工作，就不容易遭到懷疑了……事實上犯人似乎也沒被任何人叫住。」

「就算這樣，應該多少有人會記得那個人吧？」

瀧野再度提出疑問。

「是的，有人記得。大輔先生，你還記得我們在舊書會館入口碰見一人書房老闆時的情況嗎？」

說什麼碰見，他根本無視我們——不對，對方的確對我說了一句話。

「我要戴上名牌時，發現沒有別針，對方說：『那個壞掉了』……」

「沒錯。我當時還覺得奇怪，他為什麼知道我們書店的名牌壞了一個？就連身為書店老闆的我也不知情。」

這麼說來，每家書店的名牌都整齊排列在櫃子上，應該沒有人會無聊到翻別人家的名牌，確認別針是否壞掉。

「井上老闆經常待在吸菸區。也許是吸菸時正好看見有人進入會館，想要別上我們書店的名牌卻手足無措。」

「如果有人想要空手進入會館，應該會被叫住。」

說完，瀧野交抱雙臂。

「畢竟直到戴上名牌之前，都無法判斷這個人是不是商會的人。」

「如果那個人不是空著手過去呢？」

「什麼？」

「我想就是那個人把那些精裝書當成我們書店的商品帶去了。」

栞子小姐說。

「隸屬商會會員的書店店員想要去書市賣書，所以把舊書搬進去……只要偽裝得宜，就能夠掩人耳目進入二樓會場。由時間軸來看的話，大概是週六，蓮杖先生把絕版文庫本搬到會場。週日，一人書房老闆投標，犯人立刻帶著精裝書進入會場，以我們書店的名字登記拍賣後，偷出《蒲公英女孩》……當天的人較少，應該有機會下手。」

說得也是，我心想。井上老闆也是忙完自己店裡要賣的書之後，才動手投標其他書店的書。在會場裡東張西望也很自然。

「先等一下。如果是這樣，表示犯人連販售登記表的寫法都知道吧？那傢伙到底是什麼來頭？」

瀧野說。栞子小姐看向我。

「大輔先生，麻煩將那些暫時放在我們店裡的精裝書從櫃台底下拿出來。只要最前面那一捆就好。」

「啊，好。」

我鑽進櫃台底下，抓住綁著舊書的繩子，拖出其中一捆書，將書背朝上放在地上，好讓其他兩人看見。

「既然犯人必須假裝去賣書，這些書就很可能是犯人的私人物品。仔細看過後會發現裡頭有不少與舊書相關的書籍，包括秋山正美的《舊書術。》、岩男淳一郎的《絕版文庫挖掘筆記》、志多三郎的《街上的舊書店入門》……」

「這個人原本就是二手書收藏家吧！」

如此一來，對方會偷走絕版文庫本也很合理。但是，栞子小姐要講的似乎是另一件事。

「請仔細看看這裡。」

她指著《街上的舊書店入門》書背。書背曬壞得很嚴重，仔細看才發現書本還有個副標題——「賣書時、買書時、開店時必讀」。

「……意思是對方從前很可能也經營舊書店嗎？」

「我認為有這個可能。從這本書就能夠學到開店技巧……蓮杖先生也知道這本書吧？」

「……嗯，很久以前讀過。現在讀可能有點過時了，不過書裡的重點整理很清楚。」

「既然犯人也精通這一帶的舊書市場系統……由此可知，他可能曾經在神奈川縣商會的會員書店工作過一段時間。根據這本書的出版日期與曬傷程度看來，大約是十年前。」

「妳……跟妳媽一樣厲害呢。」

瀧野這番佩服的話，令栞子小姐的表情一暗。因為從藏書說出書主特徵是篠川智惠子的特殊技能。

「我的功力還不到家……」

也許發現自己誤觸母親的話題，瀧野開口企圖打破尷尬的沉默：

「嗯，妳說的很合理，但那些終究是猜測罷了。光是知道犯人可能是外來人士，我們根本沒辦法鎖定特定對象、知道是哪個人吧？」

我也有同樣想法。現在她的推論只是擴大了嫌犯的範圍罷了。

「現在是這樣沒錯……不過，週日進入舊書會館的犯人必須知道幾件事。」

說完，栞子小姐豎起手指。

「第一是文現里亞古書堂的人不會去舊書會館。搬運舊書、登記拍賣、找到目標文庫本動手行竊……這一連串的舉動都需要花時間。如果過程中遇到正牌的文現里亞店員，一切就會曝光。第二就是犯人知道我們店裡有一位不曾去過書市的店員。既然犯人知道這兩件事，而且執意要找到羅伯特・富蘭克林・楊的《蒲公英女孩》，我立刻就想到只有一個人符合條件。」

想了一會兒，我依舊摸不著頭緒。

「……真的有這個人嗎？」

我問。

「我們決定不拿書去書市賣，是週日早上的事，對吧？除了我們之外，怎麼可能還有其他人知道這件事？」

「不對，當時還有一個人在場。」

「可是當時在店裡的只有我們……」

我閉上嘴巴。真是如此嗎？就在我回溯記憶時，玻璃門突然打開。前陣子買了兩本文庫本、穿著羽絨外套的男性客人走進來。大概是外面太冷了，他整張臉都失去血色。

「歡迎光臨。」

說完後，我突然想到——對了，這位客人當時也在店裡。

「您果然來了。」

栞子小姐面對他靜靜地說：

「從舊書會館偷走《蒲公英女孩》的人，就是您吧？」

男子從羽絨外套的口袋拿出一只紙袋擺在櫃台上。我打開袋子，拿出裡頭包著石蠟紙的《蒲公英女孩》。

「非常抱歉。」

他以不似壯碩身軀該有的細小聲音說著話，朝大家深深鞠躬。雖然我們年紀不同，身形卻十分相似。

「……是妳叫他過來的？」

瀧野問栞子小姐。

「是的。昨天和你談話時，我不是跟你要了賣絕版文庫本的賣家聯絡方式嗎？我打電話過去，在電話答錄機裡留言……請他帶著《蒲公英女孩》到文現里亞古書堂來。」

「嗯？可是賣書給我的人是一位女士。」

「這位應該就是那位女士的前夫……我沒誤會吧？」

這麼說來，那位女士的確是因為離婚搬家，才把書賣掉。也就是說丈夫仍留在原本的家裡。

「……妳為什麼知道我曾經結過婚？」

男子抬起臉說：

「我雖然經常到店裡來，卻從來沒有和妳說過話。」

「直到前陣子為止我還不曉得，是看了您帶去舊書會館的書才知道的。」

栞子小姐彎下腰指著擺在地上那排書的最旁邊一本。《舊書術。》旁邊那本書的書名寫著《訂婚・結婚儀式事典》。如果沒結婚，的確不會買這種書。

「您過去在哪一家舊書店工作呢？」

他的肩膀顫了一下。大概是了解到自己什麼也瞞不住了，他懺悔地看向地面。

「……高中一畢業，我就進入大船的舊書店開始工作。那家店以漫畫和文庫本為主……也經手少量的絕版CD和錄影帶。」

「……我去過那家店。」

「喔喔，我知道那家。在柏尾川沿岸的大樓一樓，大概三年前倒了。」

栞子小姐和瀧野立刻就有反應，只有明明是在地人的我不知道。

「……我和妻子也是在那家店裡認識。她是工讀生，也喜歡書……我們兩人都收集了不少懸疑和科幻類作品，就在交換彼此多餘的書的過程中，自然而然開始交往……過了幾年幸福的婚姻生活。」

男子看著遠方說。意思是他們的關係始於共同的興趣吧。

「書店倒了，我們各自考取其他證照、從事新的工作之後，婚姻開始出現異狀。我還是一樣喜歡收集舊書，但她卻失去了興趣。只有我的藏書不斷增加，我們的爭執也逐漸增加……原因不見得只是因為書，但是我常常想，如果那家店沒有倒閉的話，也許我們現在不會這樣。」

嘆了一口氣之後，男子再度面向栞子小姐。

「妳為什麼知道是我做的？」

「前幾天，您到店裡來時，我注意到您曾經有過書店或圖書館的工作經驗。」

「……為什麼？」

「您當時說：『也沒有其他還未上架的書，對吧？』上架這個說法，除非從事與書有關的工作，否則一般不常使用。」

「啊……」

男子呻吟了一聲。

這麼說來，在我進入這家店之前也不曉得這個說法。不是從事陳列書本工作的人不知道也很正常。

「然後，我也注意到了您對《蒲公英女孩》特別執著。如果我們店裡有鈷藍文庫的《蒲公英女孩》，您或許就會買下……」

「那時候妳已經知道這麼多了嗎……原來如此。」

他似乎接受了這個說法。我還沒有完全弄懂，才一偏頭，栞子小姐便開始說明：

「這位客人當時買的是創元推理文庫的《年刊科幻傑作集2》和文春文庫的文選《奇妙的故事》。這兩冊都收錄了羅伯特・富蘭克林・楊的《蒲公英女孩》。因此我認為這絕非偶然。」

「那篇小說在其他書裡也能讀到嗎？」

「是的，雖說每一本都絕版了。其中就屬直接以小說名稱當作書名的鈷藍文庫版本《蒲公英女孩》最珍貴。」

我終於了解她當時為什麼要拿出自己的《蒲公英女孩》上架，因為她期待這位客人下次光臨時能夠買下。並非只是偶然拿出來。

「這本《蒲公英女孩》是我前妻的書，也是我最喜歡的一本書。」

男子看著書封，落寞地笑了笑。

「我知道妻子賣掉的書中包括這一本時，嚇得差點跳起來。如果要賣掉，為什麼不乾脆讓給我……我連忙打電話給她賣書的書店，表示自己願意不計代價買回，但是對方告訴我書正好在前一秒拿去書市了。」

「啊，是我老媽。」

瀧野搔搔頭。

「我去書市時，大多由她顧店。」

「一開始我原本以為已經無法挽回而打算放棄，決定重新買一本給自己，所以才來文現里亞古書堂。我原本以為這裡或許有庫存，結果卻沒找到……」

我突然想起一件事，便翻開男子帶來的《蒲公英女孩》。最後一頁貼著一張老舊的標價單，上面是文現里亞古書堂的店名。這本書是由我們書店賣出的。

「我買了收錄這篇小說的其他文庫本，讀完後仍無法滿足。我發現自己想要的，就是妻子那本鈷藍文庫的《蒲公英女孩》，其他的都不行……這時，我想起在店裡聽到你們兩位的對話，心想，如果能夠成功潛入書市，或許能夠拿回那本《蒲公英女孩》。」

「你說拿回，可是這原本就不是你的書啊。」

瀧野一臉愕然地說：

「為什麼要對原本屬於你妻子的書這麼執著呢？」

「那本書是結婚時我送給妻子的，和戒指一起。」

在場所有人一時間都說不出話來。

我似乎了解到他為什麼這麼乾脆就把「寧願偷，也想要弄到」的書拿回來歸還了。即使拿回了結婚紀念品，仍舊無法滿足，因為這名男子想要拿回的東西，或許不是書籍本身。

「《蒲公英女孩》是我十年前在這家書店購買的……是妳母親推薦的書。」

「咦？」

栞子小姐雙眼圓睜。

「是家母推薦的？不是父親？」

「是的。我說想要找一本書送給未婚妻，她建議我買《蒲公英女孩》，還說她結婚時也送給丈夫這本書……」

我回想起昨晚在居酒屋聽到的話。妻子離開後仍反覆閱讀妻子結婚時贈送的書——我不認為篠川先生做出這種舉動是基於憤怒，應該是懷念與妻子共度的時光，才會翻開書頁吧。

「結果現實果真無法和小說裡一樣順利……」

前來還書的男子低聲說。

我花不到一個晚上的時間就讀完《蒲公英女孩》。雖然多次因為「體質」的影響而暈眩，不過我很慶幸自己讀完了這個故事，也了解了為什麼母女兩人會在彼此不知情的情況下，向不同對象推薦了這本書。

自從偷書男子造訪那天起，栞子小姐完全不再提起《蒲公英女孩》，而且很明顯地表達出她不想談這個話題。知道這本是母親送給父親的書之後，心情想必很複雜吧。

這本文庫本從母親手中傳給父親，又到了女兒手中，現在借給了我。我想她現在大概不希望我把書還給她。就暫時交由我保管吧。

……無論如何，馬克都強烈覺得少女像是穿越了過去，來到現在。

開頭的這句話，始終無法離開我的腦袋。假設過了幾年再見到外表極為神似的母女，應該也會有同樣的感覺吧。如果女兒只是漂亮，大概只會讓人覺得懷念。但如果對方是自己敬畏的對象，害怕對方的女兒也是無可厚非。

隔天傍晚，我前往位在辻堂的一人書房。

這家小店就在市民圖書館附近，立地位置有些類似文現里亞古書堂。進入店內，沒有半個客人。正忙著把文庫本上架的白髮老闆瞥了我一眼。

「……你來做什麼？」

他正在陳列《蒲公英女孩》，讓客人能夠看見封面。

「我為了那本文庫本而來。」

井上沒有回答。昨天瀧野陪著偷書男子前往派出所，也將被偷的文庫本送回這家店來。瀧野說，既然偷書者將偷竊的物品歸還，也深深反省了，應該不至於被判處重刑。

「我沒話和你說。沒事的話，就快點滾回去。」

「我只是來要回你從我們店裡拿走的《蒲公英女孩》。」

這次事件牽扯到三本《蒲公英女孩》。一本是過去由文現里亞古書堂賣出，原本由瀧野書店持有，現在擺在這家店的書架上；一本是栞子小姐父親的遺物，現在借給了我；還有一本是栞子小姐自己購買，也就是井上搶走的那本。

井上走過我面前，進入門旁的櫃台後側。這家店的收銀台就位在入口旁邊。

「拿去。」

他將包著石蠟紙的《蒲公英女孩》遞給我。看樣子沒打算為他懷疑栞子小姐的舉動道歉。

「……你為什麼知道我的名字？」

我接下書的同時開口問道。井上老闆停下動作。最後，我還是沒能得到答案。店裡明明沒有其他人，井上卻探出上半身靠近我。

「你和篠川智惠子碰過面嗎？」

「沒有。」

「也沒有電話或電子郵件往來？」

「是的。」

我不解地點頭。

「我想應該沒有人知道她在哪裡。這十年來，她的家人也聯絡不上她……」

「哈。」

井上嘲弄般地冷哼一聲。

「你真的相信那些鬼話？」

「……什麼意思？」

「僱用你的那個丫頭，一直都和自己的母親保持聯絡。說什麼音訊全無，不過是騙人的。」

「什麼？沒那回事！怎麼可能？」

我斷然否定。雖然不曉得他過去和篠川智惠子有什麼過節，但是說到這種程度，已經近乎妄想了。栞子小姐到目前為止的表現是不是騙人，一路在旁觀察的我最清楚。

「……是嗎？」

井上進入櫃台，從抽屜裡拿出一張白色小卡遞給我。

「你看看。」

他似乎不打算解釋。我也只好接下那張卡片。那是用厚和紙製成的兩折式耶誕卡。背後的寄信人名字令我瞠目。

Chieko Shinokawa（篠川智惠子）

「我雖然討厭那女人，但我們姑且還算有老交情。她偶爾會這樣寄信來。」

「可是……她沒有和家人聯絡……」

「所以我才會說那是騙人的。你讀讀卡片內容。」

我戰戰兢兢打開卡片一看，裡頭印著淡色的教堂建築，下半部以藍色墨水寫著簡短的內容，字跡與栞子小姐如出一轍，令人驚訝。

「井上太一郎先生：

您那邊是否變冷了？

見到我家女兒時，請別嚇壞她。

現在在我們店裡工作的五浦大輔為人似乎很不錯，

希望您善待他們。

可惜聽說他無法看書。」

我感覺一陣冷顫竄過背後。為什麼知道我的名字？——不對，想調查的話，自然有辦法知道。但是，為什麼連我的毛病都知道？我不記得自己曾經和其他人提過。知道的人只有我的母親、親戚、多年好友、熟人，以及栞子小姐，只有這些人了。

（怎麼會……）

照理說絕對不可能有這種事。

「你可要當心那對母女。」

井上像是怕人偷聽似地低聲說：

「萬一被她們抓住把柄，可是會遭遇不測的……記住我的忠告。」

第二話

？？？

「有著狸貓、鱷魚和狗，像繪本般的作品」

1

到了一月四日，過年的氣氛已逐漸轉淡。

等在鎌倉車站月台上的，不是結束新年參拜準備回家的香客，似乎全是準備外出去哪裡購物的本地人。

我因為宿醉而皺著臉等待開往東京方向的電車。昨天中午過後，我與高中同班同學久別重逢，不少人都在老家過年，因此我們順便辦了既像春酒又像同學會的聚會。住在腰越的澤本也有到場，不過以前曾經和我交往過的高坂晶穗沒有現身。

聽澤本說，她一月三日就精神奕奕地開工了，我帶著一股不曉得該說鬆一口氣還是擔心的心情，跟著大家一起前往鶴岡八幡宮參拜。

我停留在大銀杏樹根前面的時間比參觀大殿的時間更長。樹齡上百年的大樹被春天的大風吹倒一事我當然知道，不過這是我第一次親眼目睹。原本一直存在的東西突然毫無預警地消失——雖然與自己沒有直接關係，但仍有一股難以言喻的衝擊。

啊，我不是在暗喻其他事情。

傍晚和昔日同窗在居酒屋把酒言歡，最後我借宿在位於材木座的朋友老家。午夜過後的情況我已經不太有印象，隱約記得除了我以外的人都因文現里亞古書堂的話題而鼓譟。美麗的舊書店店長和笨蛋五浦現在進展如何了？追求不成的話就快點被甩，好讓我們有些茶餘飯後的話題可聊——這些老同學個個暢所欲言，我也只好想辦法敷衍。朋友還款待睡到很晚才起來的我們吃早餐，直到剛剛才動身回家。

車身上繪有藍色和奶油色線條的電車駛入月台。等乘客下車後，我踏進開啟的電車門。車上還有空位，不過搭到大船只有兩站，所以我拉著吊環，無意識地望著車窗外。

「哎呀，喂喂，五浦先生！」

電車開動時，我正好聽見熟悉的尖銳嗓音，不自覺環顧四周。

「你在看哪裡啊？這邊呀這邊！」

穿著白色牛角釦大衣、脖子上圍著毛皮圍巾的嬌小女性正坐在我眼前的座位上。她雖然有張娃娃臉，雙眼皮眼尾的笑紋卻很明顯。我不太知道確實的數字，不過我猜想她的年紀大概將近四十歲。樣子看起來也比之前瘦了一點。

「新年快樂……忍小姐。」

我放開抓著吊環的手鞠躬。她的名字是坂口忍。與年齡相差甚遠的丈夫兩人住在逗子。

大約半年前，她曾到我們店裡要回丈夫賣掉的《邏輯學入門》，因此與我們結緣，後來偶爾會到店裡來走動。話雖如此，她也不是來買書或賣書，只是過來閒聊而已。前陣子還帶了台灣伴手禮綜合水果乾給我們。

「新年快樂！今年也請多指教，多指教！」

說完，她握住我的手激烈地上下擺動。

「我現在正好要去北鎌倉找你們。書店今天有開嗎？」

「……不好意思，我們休假到今天。」

文現里亞古書堂經營到除夕夜，一月則休假到四日。多數店家過年這段時間幾乎不休假，不過文現里亞古書堂的過年營業時間似乎從以前就是這樣。

「咦！真的嗎？」

她大叫。店裡只有兩個人，而且店員之一還在這裡閒晃，應該早就發覺我們今天沒營業吧。

但是——

「……店長小姐在家嗎？」

我看著上方搜尋記憶。最近我和栞子小姐幾乎不聊工作之外的事情。

「不曉……啊，等等，我想她應該不在，我記得她四日有約。」

我看到她除夕那天在店裡一邊講電話，一邊將預定事項寫在一月的月曆上——小琉，十二點。她今天應該是要和女校時代的好友、瀧野蓮杖的妹妹碰面。她曾說過，每年新年她們兩個女生會一起吃春酒。

「妳有什麼事要找她嗎？」

既然連書店休息也執意要拜訪，應該是相當重要的事情。難不成是與丈夫坂口昌志有關？他們兩人是一對感情和睦到令人印象深刻的夫妻，但是坂口昌志有過一段無法告訴別人的過去，也因此罹患了嚴重的眼疾。

「嗯——該怎麼說呢……」

忍捧著自己的臉頰，沉思著。

「有件事我一直放在心上，想找店長談談……既然她不在，我也只好改天再去拜訪了。」

此時電車正好減速抵達北鎌倉車站月台，坂口忍卻沒有離開座位的意思。剛剛才說改天再來，卻似乎沒打算改搭反方向的電車。

「妳等一下要去工作嗎？」

我問。之前聽說她在朋友開的小酒館幫忙，我記得那家店就在藤澤。雖然說怎麼想都覺得現在這時間去上班似乎太早。

「不是，我今天也休假……」

說到這裡，她抬頭仰望我。電車停在北鎌倉車站月台，自動門開了又關上。這段時間，她的視線不曾離開我的臉。

「……請問，怎麼了嗎？」

「五浦先生，你今天有事嗎？」

「咦？沒有，今天很閒。」

「那麼，我可以先把事情告訴你嗎？是關於一本書。」

「書？是上次那本《邏輯學入門》嗎？」

「不是那本書。」

她搖頭。

「這次要找的是一本我曾經擁有的書。」

在電車上也不好繼續聊，於是我們在接下來的大船車站下車。和熟客一起走在書店以外的地方感覺怪怪的。

「我可以聽妳說，但是沒辦法幫妳忙……因為我不懂書。」

搭乘手扶梯時，我轉頭這樣告訴忍。她靠著手扶梯的扶手站立。

「可是一定比我熟吧？我希望能說給稍微懂書的人聽聽……也沒有其他人能夠幫我了。」

說完，她垂下眼簾，濃厚的睫毛膏在眼瞼上畫出清晰的線條。總之，我先聽她說，明天再代為轉達給栞子小姐。

搭乘手扶梯上樓、走出驗票口時，我注意到另一位店裡的常客站在那裡。這位輪廓端正的少女穿著連帽長大衣與牛仔褲倚著柱子，雙手插在口袋裡，憂心忡忡地望著車站大樓的入口。看樣子應該在等人。

「小菅？」

我開口喊她。小菅奈緒看向我，驚訝地睜大雙眼。

「五浦先生，你怎麼……啊，你住在大船，對吧……新年快樂。」

她突然想到要加上一句新年問候，同時輕輕點個頭鞠躬。

「新年快樂。」

我也順勢回應。旁邊的坂口忍則好奇地盯著奈緒瞧。

「她也是我們店裡的常客。」

之前曾經為了小山清的文庫本而引發一些事端，因為這個緣故，奈緒在我們店裡認識了無家可歸的背取屋志田。

「哎呀，這樣啊。妳好！我是坂口忍。土反坂、嘴巴的口，加上忍者的『忍』。我也經常麻煩他們書店。請多指教！」

坂口忍精神抖擻地伸出手要握手。儘管她的熱情沒有惡意，奈緒仍舊只是輕輕回握了一下。

「……妳好，我是小菅奈緒。」

「在等人嗎？」

我問。

「嗯，也不算是，我們剛才已經會合了，她只是去一下廁所……」

「唉呀，拖這麼久真是抱歉。LUMINE百貨的廁所大排長龍……咦？這不是五浦先生嗎？你在這裡做什麼？」

耳裡突然傳來熟悉的聲音。出現的少女身穿紅色牛角釦大衣、綁著馬尾。她是栞子小姐的妹妹篠川文香。

「我只是正好路過……是妳們兩個有約啊？」

「是啊。」

文香點頭，彷彿我的問題很蠢。我對於這對意外的組合感到驚訝。雖然知道她們就讀同一所高中，也經常聊天，但我沒想到她們的交情居然好到會在假日一同出遊。

我轉頭看向坂口忍。既然是文現里亞古書堂的客人，應該介紹給文香比較妥當。

「這位是……」

話還沒說完，她們兩人突然跑向對方、緊握雙手。

「文香！妳好啊！今年也多指教～」

「忍姊！好久不見！我們才要請妳多多照顧！怎麼了？」

她們用足以嚇跑四周所有人的音量大聲說話，連我也被嚇到了。

「……原來妳們認識啊？」

「五浦先生和姊姊不在、我一個人看店時，忍姊曾經來店裡……」

「我們還交換了電子郵件信箱，前陣子還一起去喝茶呢。」

忍接著文香的話補充道。我完全不曉得這回事。仔細一想，這兩人的確感覺很合得來。

「咦，忍姊，妳好像變矮了？」

「不是，是這陣子我不再穿靴子或高跟鞋，改穿這個！穿起來超好走喔！」

忍掀起洋裝裙襬，露出原色的運動鞋。文香的眼睛閃閃發亮。

「啊，和我的鞋子一樣！」

迷你裙底下延伸出的結實長腿使出摔角比賽的中段踢擊奮力一抬。兩雙鞋子的設計確實一模一樣。

「妳看！我們穿一樣的鞋子！」

「哎呀，真的耶！太巧了！」

我和小菅奈緒退開一步望著熱烈討論這雙鞋子有多麼好穿的兩人。老實說，我們都不擅長與這類熱情的人相處。

（嗯，不過，還真佩服她。）

不管是小菅奈緒也好，坂口忍也罷，對於平日沒什麼接觸的對象都能夠坦率親近，由此可見篠川文香的八面玲瓏程度無人能及。與栞子小姐正好相反，也許姊姊的溝通能力全都移轉到了妹妹身上。

「篠川，不快點走會來不及喔。」

小菅奈緒插嘴。八成是等得不耐煩了。

「妳們要去哪裡？」

我問。

「……去看電影。」

「沒錯沒錯，前陣子奈緒借我她推薦的ＤＶＤ，動畫的。現在那部動畫的新電影正在上映，奈緒說非常想看，所以……」

「沒事別多嘴！笨蛋！」

小菅奈緒連忙打斷文香的發言，故意咳了幾聲。

「總之，我們先走了。動作快。」

她從口袋裡拿出票卡夾貼在自動驗票口的感應器上，進入車站內。既然是過年期間上映的電影，應該是主打兒童市場的動畫電影版。

「那個票卡夾真可愛。」

忍小聲說。我也注意到了，奈緒使用的票卡夾上畫著大耳褐色猴子之類的圖案。我不曉得那個叫什麼名字，不過最近經常看到。她的喜好真教人意外。

「……五浦先生。」

文香還沒有跟上奈緒。她的表情突然變得很嚴肅，說：

「你最近發生什麼狀況了嗎？身體不舒服？」

「咦？怎麼這麼問？」

「姊姊最近很擔心你，她說你看起來有點沒精神，是不是發生什麼事了……」

當然不是身體的問題。只是去年底聽了一人書房井上老闆那番話之後，我一直放在心上。

我雖然不相信井上所說「篠川母女彼此仍有聯絡」那番鬼話，但是篠川智惠子肯定是從某人那裡得知有關我的事，這點毋庸置疑。想到自己受到無形的監視就令人感覺不舒服。也讓我苦惱於能夠對誰開誠布公到什麼程度。

我不認為栞子小姐注意到原因了。過年期間，我收到她寫來的電子郵件，內容只是和賀年卡一樣呆板的新年祝賀，而我也回以同樣死板的內容，這麼想來的確會讓人覺得有什麼不對勁。

「我沒有身體不舒服。」

「……這樣啊。沒事就好。」

文香似乎不打算繼續追究。

「既然這樣，我會告訴姊姊請她放心。好，那麼我先告辭了！忍姊掰掰！」

她一邊揮手一邊小跑步穿過驗票口。

2

我和坂口忍走進位在小鋼珠店二樓的咖啡廳。店裡半數的座位都有客人，我們被領到位在牆邊的禁菸區。

「不是吸菸區沒關係嗎？」

「我已經不抽菸了。這樣比較好……反正很多人老是勸我戒菸。」

忍一邊脫下外套一邊回答。這麼說來，幾個月前開始，新聞就經常報導所有菸品將大幅漲價的消息。從那之後，戒菸的人似乎也大幅增加了。

點完餐點後，我們陷入短暫的沉默。也許是店裡都是單獨前來的老人，所以比想像中安靜。

「你和店長小姐還順利嗎？」

「咦？」

我回應。

「五浦先生，你喜歡店長小姐吧？」

忍柔聲說。對方都問得這麼直接了，我也沒辦法刻意隱瞞。另一方面或許也是因為她比較年長，而且是我和栞子小姐都認識的人，所以我也很放心。

「這個嘛……嗯，不過我不曉得她怎麼想。」

「那孩子有點難捉摸呢。或許該說不太願意打開心房吧。有點像我家小昌……啊，拿她和那種老頭相比，似乎不太好。」

「不會……」

小昌是坂口昌志的暱稱。雖說他們兩人性別和年齡全然不同，不過的確也有共通之處。

「那種人反而總是仔細觀察著自己在意的對象，察覺很多事……想要隱瞞他們都不容易呢……」

她的話聽來像是在自言自語，也許是針對我和文香的對話有感而發吧。感覺坂口忍似乎在委婉建議我如果有什麼事情，最好還是攤開來說。

「……的確。」

我想了許多，還是沒能得到結論。既然在意一人書房井上老闆那番話，看樣子也只有直接找本人求證了。

此時我們點的飲料送上來打斷了談話。我喝咖啡，坂口忍喝熱牛奶。

「坂口先生身體還好嗎？」

「很好很好。」

坂口忍微微一笑。

「眼睛的情況雖然不太好，不過除此之外都很健康。他正在接受訓練，希望視力更加衰退時也能夠生活無虞、自己照顧自己……我最佩服他這種認真的地方……」

坂口忍拿著杯子陶陶然望著遠處。沒想到這種話題她也能夠陶醉其中。

「……我們來談談那本書吧。」

「咦？啊，好。」

她突然切換話題讓我的腦袋有些轉不過來。這麼說來，這才是此行的目的。

「剛上小學時，只有一本書我讀完後覺得有趣，但是因為我不喜歡唸書，對於書的內容也幾乎不記得，只留下『這本書好棒』的強烈印象……最近，我突然想到這本書，十分希望能夠找到它。我的這種心情，你了解嗎？」

「嗯……大概懂。」

我點點頭。不見得是書，我也曾經強烈地希望得到小時候喜歡過的東西。

「無論如何我都想要再一次擁有那本書，所以希望店長小姐和五浦先生能夠幫我找到。如果找到了，我當然會買下來。」

「沒問題。」

意思就是委託找書。這也算是舊書店的業務之一，並不罕見。即使我們店裡沒有那本書，也可以幫忙找尋其他有販售的書店。

「書名是什麼？」

「這個嘛，我不知道。」

坂口忍露出困惑的表情說。

「什麼？」

「書名寫著片假名……我從以前就不擅長記住外國名字，所以英文完全不行。」

「作者的名字是？」

「不曉得……啊，我記得是外國人，名字很長。」

「出版社等等也不記得嗎？」

她重重點頭。我啜了一口咖啡整理思緒。到此為止還沒有出現任何關鍵名詞。

「……看樣子果然沒辦法找到吧？」

我的確沒有辦法。雖然很希望能夠幫上忙，但是按照目前擁有的資訊，恐怕連栞子小姐也巧婦難為無米之炊。

「妳說是小時候閱讀的書，所以那本書是童話故事嗎？」

「可能是。書中有不少插圖，不過字也很多。除了平假名，還有標注假名的漢字。」

「什麼樣的內容呢？」

「我想想，嗯……出現的角色有狸貓、鱷魚和狗，類似繪本……故事的時代不太清楚，不過地點應該是西方……」

她說到這裡停住，似乎連內容也記得不是很清楚。

「……還記得其他的嗎？」

「有狗！」

坂口忍語氣堅定地說。我記得這點她剛才說過了。

「我記得是非常可憐的故事……剛出生的小狗深受飼主疼愛，但是稍微長大後就遭到拋棄，飼主家裡又找了另一條小狗飼養。很過分吧？」

的確很過分。以兒童讀物來說，這種故事未免太血淋淋。

「然後啊，狗和孤單的獅子成了好朋友。」

「……體型差真多啊。」

「沒錯沒錯，獅子一開始也很猶豫，後來發現體型大小無所謂，於是彼此成了好朋友。不同種類的動物能夠變成朋友，真教人羨慕。」

我不自覺想到坂口昌志和坂口忍這對無論年齡、經歷都完全不同的夫妻。

「那麼，主角就是那隻狗和獅子了？」

「不是，主角是狸貓。」

「狸貓？不是外國的故事嗎？」

我第一次聽說外國的童話故事會出現狸貓。忍偏著頭，似乎也沒什麼把握。

「書中沒有寫到『狸貓』兩個字……不過我清楚記得那個插圖！等我一下！」

她從手提包裡拿出記事本，用鋼珠筆在紙上畫畫，以超乎想像的俐落筆法畫出一隻短手短腳、一身黑的動物，頭上有兩隻耳朵，只有眼睛四周是白色，還有一條蓬鬆的長尾巴——

「……的確是狸貓。」

「對吧，是狸貓吧？這隻狸貓遇見了被拋棄的狗、孤單的獅子，還有其他許多動物。」

「狸貓做了什麼？」

忍用力閉上眼睛，食指按著額頭，企圖擠出記憶。

「狸貓牠……想要蓋一棟房子……」

「狗屋嗎？」

「嗯——我記得是更大的房子。能夠收留寂寞孩子們的房子……牠們利用大卡車運來大量的紅磚，大家齊心協力打造那棟房子。」

「意思是故事裡還有許多其他夥伴嗎？」

「對對對，還有一個不會唸書的男孩想要交朋友喔。他不斷尋找比自己差的對象，卻怎麼也找不到。」

「好妙的故事……裡頭也有人類嗎？」

「有喔，鱷魚、長頸鹿等動物和人類和樂地生活在一起。啊，不過我記得好像還有動物園……」

故事雖然有趣，不過我不明白這個設定是怎麼回事，類似迪士尼動畫那種感覺嗎？

「我只記得這些，完全不記得結局是什麼。」

記憶如此零碎也許是因為她只挑喜歡的段落反覆閱讀吧。小孩子的讀書方式通常是這樣。

我把坂口忍剛才畫的主角插畫收進口袋裡。每個片段都可能隱藏著線索。如果還有其他人能夠提供這本書更詳細的資訊，應該會有辦法——

「啊！」

靈光乍現。我居然忘了最根本的可能性。

「怎麼了？你知道是哪本書了？」

坂口忍的眼睛閃閃發亮。

「不是，我只是想到那本書會不會還在妳的老家呢？應該是父母親買給妳的，對吧？」

不知怎麼回事，坂口忍的表情變得有些緊繃，搖搖晃晃地把原本正要端起的杯子放回桌面。

「嗯，對……是我媽在老家附近的書店買給我的。」

「既然這樣要不要問問妳的母親呢？」

我說。小孩熱衷閱讀的書本，父母親應該會有印象。

「也許那本書還在老家。」

「嗯，欸……有可能……」

忍的聲音突然變小。

「想到要和父母親說話我就覺得心情沉重……」

我在心中暗叫不妙。我都忘了她曾說過自己和雙親感情不睦，所以高中一畢業就離開家了。

「抱歉。」

我低下頭。她露出雪白牙齒微笑緩頰，說：

「沒關係，沒關係，你說的沒錯。不管怎麼說，我原本也就打算回老家一趟問問父母……啊，有了！」

她突然啪地擊掌，響亮的聲音響徹店內。我莫名感到一股不安。

「……怎麼了？」

「你們方便和我一起回去嗎？回我的老家！」

「什麼？」

我忍不住大叫。

3

「……就是這麼一回事。」

一早在空無一人的文現里亞古書堂裡，我說完昨天的始末後，觀察著栞子小姐的反應。她從剛才就偏著頭，僵著不動。一綹長髮掛在鏡片上似乎也不以為意。

「妳知道她說的是哪一本書嗎？」

沒有回答。看樣子她正在努力思索答案。過了幾十秒後，她像浮出水面般呼地吐出一口氣。

「抱歉……這有點難。」

細弱的聲音遺憾地說。我覺得她沒必要道歉。只憑這些線索，應該沒幾個人能夠想出答案。

「……不過，我對這個故事有印象。」

「咦？真的嗎？」

「啊，可是也僅止於此……有點奇怪，如果是其他事情也就算了，我幾乎不曾忘記自己讀過的書的作者和書名啊，怎麼會這樣？」

「小時候讀過的書，一般來說都不會記得吧？」

「咦？是這樣嗎？」

她偏著頭，似乎對這個答案感到不可思議。只要與書本有關，常識似乎就不適用於她身上。

「妳也沒有任何線索嗎？」

「沒有什麼特別的……假設忍小姐說的都正確，我頂多只能稍微縮小範圍而已。」

「什麼意思？」

「首先，這本書是一九七〇年代後半由新書書店販售的書。」

她說完，豎起食指。

「忍小姐說過自己是剛上小學時讀到這本書，因此這樣推論很合理。當然寫書與出版是更早之前的事……還有一點——」

她又豎起中指。

「故事的年代大約是二十世紀後，地點則是以二十世紀後的歐美城市為藍本。」

「妳怎麼知道？」

坂口忍說過不曉得故事的時代，也沒有具體提到故事發生的地點。

「故事中出現以大卡車搬運紅磚，對吧？卡車的發明是十九世紀末……真正普及則要到二十世紀初。再加上內容提到動物園，因此地點很可能是城市。」

原來如此，我點頭。但是，二十世紀初到一九七〇年代還是很難鎖定。範圍果真只是稍微縮小了一點。

「……主角是狸貓這點我不太清楚。」

說完，她折起手指。

「狸貓是自古就出現在日本故事中的動物，生活範圍主要是東亞，歐洲人應該不認識這種動物。也許是其他動物……」

「可是插畫看起來很像狸貓。」

我看向擺在櫃台上的記事本撕頁，上頭是忍昨天畫的故事主角。

「是啊……」

我們兩人沉默了好一會兒。線索太少，感覺實在無能為力。

「要去忍小姐的老家嗎？」

坂口忍認為「帶著懂書的人一起回去比較方便」，簡單來說也就是她不想一個人回去。

「要。」

栞子小姐立刻回答。

「我也想知道到底是哪一本書。」

我也抱持相同意見。雖說帶著舊書店店員返鄉似乎有點奇怪。

「對了，忍小姐有沒有告訴她先生這本書的事呢？」

「咦？」

「她的話裡不曾提過她先生的反應，所以我有點好奇……」

仔細想想的確如此。既然要陪同忍返鄉，坂口一定也會自告奮勇要跟著去——不，也許有什麼想去卻不能去的原因。我們還不曉得忍那對據說十分嚴厲的父母是否贊同她與年紀相差甚遠的男性結婚一事。

「可是好像也沒有理由隱瞞吧？會不會只是因為坂口先生也不曉得是哪一本書，所以忍小姐才沒有提起呢？」

曾說過無法對丈夫有所隱瞞的人，是忍自己。栞子小姐也微笑點頭道：

「也對，是我想太多……我們差不多該開始工作了。昨天接到不少網路訂單……」

「栞子小姐。」

我叫住正要走進書牆後面的栞子小姐。還有一件事情必須告訴她。

「事實上我前陣子去了一人書房一趟。」

我把篠川智惠子寄耶誕卡片給井上老闆的事，以及井上老闆的懷疑全都說了出來。

栞子小姐沒有開口，幾乎面無表情地聽著我說。「很抱歉我一直沒告訴妳。」最後我道歉完，她才看似不悅地把頭撇向一邊。

「我既不曾和母親聯絡，也不曾和其他人談論過大輔先生的事。假裝這種事情毫無意義……你為什麼不早點告訴我？」

「也是……對不起。」

「害我整個過年期間都在擔心。」

她沒有看向我，說：

「我一直想著你最近怎麼了……我們曾經一起去喝酒，對吧？就是把《蒲公英女孩》拿回來的前一天。」

「呃？嗯，是的。」

我不解地回應。這時候為什麼會提到那件事？也不曉得為什麼她的臉頰有些泛紅。

「那天真的很開心……我喝得比平常多，想不起來自己說了些什麼，所以擔心是不是自己做了什麼奇怪的事……」

「什麼是奇怪的事？」

我不自覺地開口追問。我是真的不懂。而栞子小姐的臉也益發紅潤。

「就是，那個……比如說笑個不停……或是一直哼歌……打瞌睡之類的……」

聲音愈來愈小。這個人平時明明很聰明，卻總在奇怪的事物上猜錯。我強忍笑意，說：

「妳沒做那些事。」

「真的嗎？沒有瞞我？」

她斜眼一瞥，確認我的表情。老實說，她當時說的話雖然有些奇怪，不過那種喝醉方式並不討人厭。應該說完全相反。

「真的。」

我篤定說完後，難得鼓起勇氣問：

「可以的話，改天再一起去喝酒吧？」

「……我再考慮考慮。」

沒有被拒絕，我暫時放心了——突然，我注意到栞子小姐的表情暗了下來。

「如果井上老闆說的都是真的，那麼我母親是從誰那裡得到這些消息的呢……？」

「……對喔。」

既然栞子小姐沒有和母親聯絡，表示做這件事的另有其人。在我們身邊的某個人偷偷把我們的事情告訴篠川智惠子。當然，那個人肯定知道篠川智惠子的消息。

（到底是誰？）

身邊的人突然變得不可信，反而感覺不舒服。

「我們開始工作吧？」

栞子小姐小聲說。好。就在我點頭的同時，玻璃門大聲打開。回頭一看，一位戴著太陽眼鏡的中年男子站在入口，身穿沒有裝飾的灰色羊毛外套，圍著深紅色的毛線圍巾。

「新年快樂。」

坂口昌志向我們鞠躬打招呼。

「我過來是想找你們談談我妻子的事。現在方便嗎？」

坂口一邊拿下圍巾，冷不防就切入正題。那條圍巾的針眼雖細卻很厚實，一看就知道是手工製品。

「可以……請問發生什麼事了嗎？」

栞子小姐說。

「我聽說忍為了小時候讀過的書來找你們幫忙。能否簡單告訴我經過？」

他說話的方式還是一如既往，簡單扼要、有話直問。那一瞬間，我和栞子小姐面面相覷。

「她委託我們找書，不過不曉得那本書的書名、作者名字。忍小姐希望我們能夠陪她回老家去向她的父母打聽……」

我老實轉述了坂口忍所說的話。聽到老家父母時，坂口的臉色突然暗了下來。

「果然沒錯。」

他低聲說。

「……什麼意思？」

我開始注意到不對勁。看樣子忍並沒有把這次的事情清楚告訴丈夫。短暫沉默後，坂口緩緩開口：

「我想她的目的恐怕不是那本小時候曾經讀過的書，而是想要去見父母。」

「咦？」

「你們知道忍與老家的父母不合吧？」

「是的，多少聽過一些。」

我點頭。

「她的父母是相當嚴謹的人。兩人現在都已退休，父親長年在神奈川縣政府工作，母親經營補習班。她還有個年紀差很多的弟弟，我沒見過，不過聽說在外商證券公司工作。」

我想起忍曾說父母親「頭腦很好」、「重視教育」。既然是從事這種工作，自然能夠理解她為什麼這麼說。

「母親對於忍的管教格外嚴厲，兩人之間衝突不斷。忍高中畢業後便開始一個人住，她們的關係曾經一度趨緩……卻又因為和我結婚而引發問題。忍為了嫁給我，不惜與不承認這段婚姻的母親斷絕關係。二十年來不曾回老家一趟。」

「也沒有和父親或弟弟見面嗎？」

「偶爾會講電話，不過幾乎不曾碰面……她經常笑說自己與家人的緣分淺薄。」

坂口淡然說明的嘴角微微扭曲。不管忍怎麼想，他都認為造成妻子不與家人往來的原因是自己吧。

「可是，都這麼多年了，父母親那邊的想法應該也改變了吧……忍雖然沒有提過，我想她一定也希望有機會和解。孩子到了父母親的年紀時，自然能夠懂得父母親的心情。

去年十一月，她的父親主動聯絡我們夫妻倆，提議四個人一起吃飯……我猜想他也許從很久以前就一直在找機會修復與忍的關係。」

「你們去了嗎？」

我一問，坂口重重點頭。

「地點是中華街一家歷史悠久的餐廳，忍的父親還幫忙預約……久未見面，大家這一餐吃得和樂融融，忍和母親也聊起許多過去的事情。我在用餐過程中，為了避免打擾他們三個人的對話，因此很少開口。」

坂口挺直腰桿默默吃著中華料理全餐的模樣，彷彿歷歷在目。感覺上不管他是否參與對話，仍然讓人無法忽視他的存在。

「後來話題講到了我的眼疾，他們相當認真地聆聽，也十分關心我們……問題出在於他們詳細問到造成眼疾的原因。」

我屏住呼吸。事情已經過了幾十年，坂口昌志過去曾經有搶銀行的前科。他當時因為企圖逃避警方追捕而受傷，傷口就在眼睛附近，眼疾也是那起事件造成，想當然耳，這不是件能輕易說出口的事。

他也是直到幾個月前，才親口告訴妻子忍這件事。

「我想對岳父母坦白，但是忍叮嚀過我絕對不能提到有前科的事。既然我已經好好坐牢，也重新做人，就沒有必要再次提起……我也姑且答應了她這點才和他們一起吃飯，但是——」

坂口說到這裡突然停住。我們看向他的臉。毫無血色的額頭上滲出大顆汗水。

「難道你說了？」

我不自覺低聲問。坂口的手指伸進太陽眼鏡底下，按著眼睛上方。

「……是的。」

「你為什麼要……」

「嘴巴自己就說出來了。」

我懷疑自己的耳朵。難道是他自己招供的？

「當面欺騙他人會讓我感到愧疚……等我回過神時，已經毫不保留地說出自己的過去。岳父還願意聽我說話，岳母就……無論我說什麼都不想聽……」

坂口婉轉地說。想必當時對方一定說了什麼難聽話。後來的發展大致如預期，但是也不能就這樣不繼續話題。

「然後，後來……」

「忍反駁母親，你來我往，最後吵了起來。那一餐就這樣結束……一切都是我搞砸的。」

他深深嘆息。多年來懷抱祕密的痛苦，以及無論如何都想坦白的心情，我也不是不了解。就算這樣，也應該稍微——

「我應該稍微看一下時機、場合……」

坂口說出了我的想法。看來還是當事人自己最清楚。

「請問……您說要談談有關妻子的事，是指……？」

栞子小姐戰戰兢兢地發問。坂口輕輕點頭後繼續說：

「忍為了我與家人鬧翻，但是我剛才也說過，她的內心其實也渴望和解，尤其是最近，她經常陷入沉思……我問過她，她說是為了以前讀過的書，但我想這恐怕不是事實。我認為她是煩惱著與父母親的關係，而在尋找與他們見面的藉口。」

（……是這樣嗎？）

這個疑問瞬間閃過我的腦海。至少和我談話時，她是打從心底不想回老家，而且也是真心想要找到那本書。

「我想她的父母，特別是母親，應該也是同樣想法。問題是她們兩人只要一見面，恐怕又會發生爭執……我不會要求你們幫忙修復她們的親子關係，但能否至少幫忙避免她們爭吵得更激烈呢？」

坂口不給栞子小姐回答的機會，繼續說：

「原本有義務讓她們和好的人應該是我，但是岳父母禁止我進入他們家門，想要與他們聯絡也聯絡不上……我的內心雖然痛苦，仍然希望你們兩位務必幫忙。」

坂口深深鞠躬。

4

平日的縣道不會太擁擠。只要按照這個路況開下去，我們應該能夠比預定時間早一點抵達。

「小昌真的這麼說？說我想和我媽重修舊好？」

坐在廂型車後座的坂口忍說。

「是的……」

坐在我隔壁副駕駛座上的栞子小姐點頭。我們三人選在隔週的公休日一同前往忍位在戶塚的老家。

「真是的，完全不是那樣啊。我真的打從心底不想見到那個人，今天心情也很差，你們看我的臉。」

我看看後照鏡，原本一臉嚴肅的忍整張臉連嘴唇都發白了。光是和父母見面就會身體不舒服到這種地步嗎？看樣子坂口的猜測有誤。

「那個人對小昌說了那些話……就算我們是有血緣關係的母女，不能原諒的事情還是無法原諒。這種心情不是當事人根本無從了解……」

「我懂！」

栞子小姐莫名用力點頭。

「父母親也會做出無法原諒的事。一般認為母女若是感情不好，原因多半出自母親。」

「沒錯沒錯，店長小姐說的是。一般來說就是這樣。」

栞子小姐抓著副駕駛座頭枕，開心地向後探出上半身——我覺得這說的只是她自己的狀況。

沿著ＪＲ的鐵路走了一會兒之後，廂型車停在河濱附近一棟獨棟的住宅前面。房子不是新屋，不過很寬敞，寬廣的院子裡還有家庭菜園。水泥圍牆上貼著某個政黨的海報。

「看來很多事情還是沒什麼改變。」

忍用手指彈了下海報上政客的額頭，接著打開門。門柱上的門牌以黑色楷體字刻著「川端」。這是忍的舊姓。她皺著臉在罩著白色塑膠套的田埂前停下腳步。

「我媽雖然喜歡自己種植有機蔬菜，但是種出來的菜卻沒有好吃到足以自豪。每種菜都長得很差，也沒有味道，可是只要一提到種田的事，她就會很開心。」

談到母親，忍就會變得很尖酸刻薄。這對感情不融洽的母女似乎有些相似之處。

「這個……是什麼？」

栞子小姐指了指木頭打造的小屋子。那間木頭小屋看來年代久遠，屋頂似乎重新上過許多次油漆。屋子裡空蕩蕩，不過看得出來打掃得很乾淨。

「啊，這個是狗屋。我小學時……沒想到這個屋子還在啊。」

小屋入口上方寫的文字受風雨洗禮到幾乎要看不見了，不過勉強還能夠辨識。

「和樂融融之屋」

「……『和樂融融』是那隻狗的名字嗎？」

這名字還真怪——結果忍噗哧笑了出來。

「討厭啦，五浦先生。『和樂融融』就是感情很好的意思，狗狗是叫其他名字。」

「……」

原來就是「一家子感情很好」的意思。飼主或許真的和自家狗狗感情很好，不過為什麼要特地寫在狗屋上，我不懂用意是什麼。直接寫上狗狗的名字不是比較好嗎？

「那麼狗狗的名字是？」

「托比客。」

她回答。

「我在河邊撿到牠，硬是留下來養……牠大概在這裡生活了三年左右吧。我媽老是嫌東嫌西，說托比客常亂叫，真是一隻笨狗。」

忍蹙眉，彷彿回想起當時的情景。

「托比客的確腦袋不怎麼靈光，散步時也經常想要逃走。小學畢業旅行回來後發現牠真的跑得不知去向。」

「為什麼取名為『托比客』？」

真是個怪名字，不像隨便取的名字。

「我想想……記得應該是……啊啊，對對，我想起來了！」

她的表情突然亮了起來。

「狗狗的名字就是出自那本書！我說過書中那隻狗因為長大而遭到主人棄養，對吧？牠的名字就叫做托比客。」

姑且知道了主角——不對，其中一個配角動物的名字。這名字感覺不像英文，故事背景也許是英國或美國以外的地方。當然也有可能是完全虛構的國家。

栞子小姐突然低下頭，手握拳抵著唇邊。看來似乎想到些什麼了。

「怎麼了？」

「……我對托比客這個名字有印象。」

「咦？真的嗎？妳想起來了嗎？」

忍速速靠近栞子小姐凝視著她。被這麼一盯，栞子小姐稍微往後退。

「呃，不……我知道的只有這樣……不……不過……」

「……不過？」

我催促她繼續說。

「我能夠記住自己讀過的書中一定比例的資訊……所以多半只要知道其中一個角色的名字，就能夠想出書名。但是現在卻想不出來……」

「妳是不是身體不舒服？」

之前她曾經因為發高燒而遲遲沒想起某本珍貴舊書的資訊。但是，栞子小姐搖了搖頭。

「我今天狀況很好……總覺得很不甘心。」

到了約定的時間，我們走向玄關。已經站在門鈴前了，忍還是遲遲沒打算按門鈴。看樣子她真的不想與家人見面。

「我來吧？」

我自告奮勇地說。她用力搖搖頭。

「不了，沒關係，沒關係。」

然後反覆深呼吸幾次。大概是做好心理準備了，就在她將手指往後一拉，準備用力按下門鈴時，玄關的大門突然自己打開了。一名前額全禿的年老男子探出頭來。下垂的眼睛和圓臉竟然與忍如此相像。

「……歡迎。」

他轉開視線小聲說。聽起來不像真的很歡迎，甚至讓人感覺他可能接下來就會把門關上。

「媽呢？」

忍說。

「在二樓後面的房間……進來吧。」

我和栞子小姐還來不及打招呼，對方已經把頭縮回門內。我們踏進屋裡時，走廊上已經不見他的人影。

「那位是令尊嗎？」

栞子小姐問忍。

「是的。他和我媽完全相反，是個十分沉默的人，已經幾十年沒有和我好好說上一句話了。

從以前就是這樣，不曉得是不是我們個性差太多。」

忍一邊脫下運動鞋，一邊爽快地說。換個角度來說，她的父親似乎也和母親不和。

「請進請進……啊，雖說這裡已經不是我的家了。」

說完，她露出皓齒微笑。

二樓後側似乎就是忍的房間。從半開的門縫看看室內，只見榻榻米上擺著雪白的床鋪、衣櫃和書桌。家具設計上有許多誇張的曲線，與和室不太相襯，看來就像飯店的空房間一樣整理得乾乾淨淨。

原本坐在椅子上的白髮女性起身面向我們。她有著一張與忍一樣的圓臉，不過眼睛和嘴巴的比例特別大，清楚露出像在演戲一樣的表情。現在她的唇邊正掛著嘲弄般的微笑。

「哎呀，沒想到妳居然準時出現，真難得。」

她的聲音有些沙啞，不過咬字很清楚、不顯老。給人的印象就是一位強勢又能幹的女性。

「他們就是妳提過的舊書店朋友？好年輕啊……嗯，應該說剛剛好，因為妳看起來就跟小孩子一樣幼稚。」

忍的母親突如其來就語帶嘲諷。她的毒舌程度超乎想像。忍的臉一下子變得緊繃。

「……這兩位是北鎌倉一家年代久遠舊書店的工作人員，篠川小姐和五浦先生。」

「你們特地從北鎌倉過來的？」

尖銳的聲音響徹房中。她愕然仰望天花板。

「真抱歉啊，給你們添麻煩了。我家女兒真是個蠢蛋……你們好，我是川端水繪。」

毫不在意地稱自己的女兒是蠢蛋後，她突然低下頭鞠躬。我們兩人也連忙回禮。或許是被對方犀利的說話方式嚇到，栞子小姐的眼神四處游移。

「前陣子我在電話上提過的那本書。」

忍嚴肅地直接進入主題。或許是想要在耐性用完之前趕快把事情辦完。

「啊啊，就是妳說小時候讀過的書吧？」

川端水繪從白色書桌底下拉出一只大紙箱。

「妳留下的東西之中只有這裡有書。嗯，裡頭都是一些無聊的東西。」

哼哼。川端水繪冷哼。我漸漸感到不悅。這個人每次開口說話都非得損一損女兒才滿意嗎？

「……我可以打開嗎？」

我問。忍沉默點頭。紙箱裡的確塞滿了書之類的物品，但似乎全都是直到高中為止的教科書和舊少女漫畫。

「裡頭沒有半本文字書。這孩子從小就討厭書。有時買書給她，她也幾乎不看。」

「……那……那些書後來怎麼處置呢？」

原本不發一語的栞子小姐戰戰兢兢地發問，似乎是懼於眼前這位女性的魄力。

「我記得很久以前就處理掉了。原本直到這孩子離開家之前，都擺在櫃子裡不管……先不論其他東西，我想書應該是不需要了，所以就清掉了。也許那本書就混在其中。」

一邊聽著她說明，我一邊將紙箱內的東西全數取出確認，連箱底也不放過。果然沒有任何一本童書。在我無奈地準備把教科書和少女漫畫放回箱子裡時，從《鹹蛋丫頭》和《HOT ROAD》這兩本漫畫中間滑出一張舊照片，落在榻榻米上。似乎是偶然夾在其中的。我靜靜地撿起那張照片，照片上的內容卻讓我瞠目結舌。

照片中，身穿水手服的少女與穿著深藍色套裝的中年女性站在嵌有「川端」門牌的門柱旁邊。中年女性去除白髮與皺紋的話，與眼前的川端水繪極為神似。

問題是照片中的女學生。脫色的頭髮燙得捲曲，長裙蓋住鞋子，雙手還插在裙子口袋裡，從正面瞪著相機，活脫脫就是老派漫畫中常見的「不良少女」。沒想到這種人不僅存在於漫畫或連續劇裡，也存在於現實生活中。

（……嗯？）

化妝不一樣，所以我一時間沒認出來，仔細一看才發現，這個少女的輪廓看起來很像是坂口忍。應該說，就是她本人。

「喂，喂，五浦先生，那個還我。」

忍突然搶回照片，捏成一團塞進牛角釦大衣口袋裡。

「……啊哈哈，真討厭……你們兩位就當作沒看過這張照片吧。」

她笑了笑，試圖打圓場，似乎想要忘掉那段過去，她的母親卻立刻補上一刀。

「那是妳上高中那天拍的紀念照吧……這孩子上了國中之後，就一直是那個風格。真是個蠢蛋。」

川端水繪對著我和栞子小姐開朗地說，彷彿在說什麼值得驕傲的事。

「她幾乎每天晚上都在橫濱車站附近遊蕩。我記得好像是高中一年級的事吧……她在自動販賣機買啤酒，結果當場被警察輔導。」

「……那是學姊叫我去買，不得已才照做的，又不是我想要買。當時我已經解釋過了啊。」

「我的意思是聽從命令去買這個行為本身就很蠢。況且妳本來就很喜歡喝酒。前陣子在中華街碰面時，也得意忘形地喝個不停。」

「我已經戒酒了。再說那時點了整瓶紹興酒的人是妳吧？」

「說戒酒也不過兩個月而已。妳那天心情可真好啊，老公倒是一直板著臉不說話，令人不悅，沒想到一開口就突然說出那麼……」

忍冷不防伸手用力一揮，打向旁邊的牆壁。那股衝擊力道幾乎讓整棟房子振動。

「妳要嘮叨我無所謂，敢說小昌的壞話，我就把妳打出窗外。」

那股氣勢就連川端水繪也忍不住閉嘴。

「……關於忍小姐在尋找的書，請問您有沒有什麼印象呢？」

栞子小姐低聲說道。我偷覷了她的側臉。也許是我多慮，她的表情似乎很僵硬，和剛才明顯不同。

「故事裡有一隻叫托比客的狗，我想那本書出現在這個家，大概是開始養狗之前沒多久。」

「啊啊，那隻笨狗。」

川端水繪不屑地說。

「托比客這個名字取自那本書中啊，我當時一直覺得名字很難記……對喔，那本書後來怎麼了呢……」

房間裡陷入一陣沉默。或許是室內沒有暖氣的關係，所有人都吐著白霧。忍的母親環顧房間，想要找尋線索，最後還是搖搖頭。

「我還是想不起來耶。」

「您的先生知不知道那本書呢？」

「我剛才也問過他了，他說不知道。那段時期我丈夫很忙碌，幾乎都不在家，應該不曉得孩子看過什麼書。」

「這樣啊……」

栞子小姐顯得很失望。結果到這裡來，還是沒能夠獲得什麼線索。看樣子擅長解開書謎的她，這次也無能為力了。最重要的是沒有半個人知道書名。

「真抱歉，我們恐怕沒辦法馬上找到那本書……後續會持續注意。」

栞子小姐說完，低頭鞠躬。忍輕拍栞子小姐雙肩，露出皓齒微笑說：

「哎呀，別這樣，店長小姐，該說謝謝的人是我才對。感謝妳多方幫忙……我也會繼續找，反正還有時間。」

「……唉，毫無頭緒地找一本幾十年前的書，怎麼可能找到？」

川端水繪洋洋得意地說。

「如果真的很珍愛那本書，應該要好好擺在手邊才是。妳別再拿這種無聊事麻煩別人了，就是這樣我才會一直叫妳蠢蛋。」

蠢蛋這兩個字還特別強調。房間裡的空氣瞬間變得更冰冷。我感覺到一股視線而環顧四周，發現剛才在玄關見過的川端伯父正站在走廊上，帶著擔憂的眼神看著我們。但是情況演變成這樣了，他仍沒有打算介入調停。除了我之外，沒有其他人發現他的存在。

「……我們回去吧，該辦的事情已經辦完了。」

坂口忍一邊大口吐氣一邊說，手裡緊緊握著拳頭，不過似乎還能夠控制住自己。我蓋上紙箱上蓋後也站起身來，這個家讓人無法久留。

「哎呀，要走了嗎？記得代我問候妳那位可怕的丈夫啊。」

忍太陽穴上爆出粗大的青筋，以近乎要噴火的氣勢轉過身——

「川端太太！」

沒想到開口大喊的人居然是栞子小姐。

「這不是無聊事。」

「什麼？」

「想要找回曾經遺失的書，這種行為不是無聊事。請您修正說法。」

這下子我可以確定了——栞子小姐是對這位川端水繪感到生氣。

「……妳到底在說什麼？」

忍的母親唇邊帶著一抹不解的冷笑。我明白栞子小姐為何有這麼大的反應，因為她也有一本暗自想要找卻找不回來的書，就是她母親過去留下的《Cracra日記》。

「您為什麼直到現在仍留著那間狗屋呢？」

栞子小姐連珠砲似地繼續說。看樣子她的某個開關又打開了，但是這回連我也無法推測她的用意。狗屋又怎麼了？

「既然狗已經不在，應該用不到那間狗屋了吧？我說錯了嗎？」

「……話是沒錯，但我留下狗屋又有什麼不對？」

「狗不在已經過了許多年，那間狗屋卻仍受到良好的照顧，意思不正表示歡迎狗狗隨時回來嗎？不正代表著你們希望牠回來嗎？」

川端水繪臉上的笑意一點一點消失，皺起眉頭彷彿哪裡疼痛般。

「我可沒有希望牠回來……純粹是我們一直捨不得丟掉。每個人或多或少都有這種情況吧？」

「捨不得丟掉的，只有狗屋嗎？」

川端水繪臉上的表情突然消失。僅僅一瞬，她望了自己的女兒一眼。

「……你們所有人，現在立刻給我離開這棟房子。」

她好不容易擠出聲音，沙啞地說。

5

將坂口忍送到逗子車站後，我和栞子小姐回到文現里亞古書堂。時間已經接近傍晚，我把廂型車停進停車場後，還是接受栞子小姐的邀請進入主屋。我知道她有話要說。

外頭隱約聽見平交道的警鈴聲。

我們面對面坐在篠川家客廳的圓矮桌兩端。這間和室客廳還有壁龕和簷廊，古色古香，反而使去年新買的大型液晶電視和ＤＶＤ播放器顯得突兀。

最近我即使待在主屋裡，也不再緊張了。我雖然有段時期盡量避免進來，不過前陣子開始已經不再在意。因為篠川姊妹的邀請，讓我有愈來愈多機會進來享用三點的下午茶或晚飯。

「……我原本沒有打算以那種口氣說話。」

栞子小姐的聲音很消沉。自從被趕出川端家，她便不斷反省自己的發言。

「我不小心火上加油了。明明坂口先生也拜託我們替忍小姐和她母親的事情盡一分力……」

「那樣也很好啊。她們兩人要吵架，我們也無能為力。」

結果找書行動雖然失敗，回程路上，忍倒是意外地平靜，幾乎沒有開口抱怨母親。

「妳剛才指的是我們談話的那間房間吧？」

和狗屋一樣，忍的房間與家具都好好保存著，即使是「無聊的東西」也沒有被丟掉。丟掉的只有書，不過那是在女兒離家出走之前就處理掉了。

他們雖然還不至於希望女兒回家，但也沒想過要把女兒的物品丟掉。這或許表示萬一女兒回來時，他們仍願意接納她。

見到母親的反應時，忍或許也發現這點了。

「坂口先生說的沒錯。」

坂口昌志認為那對母女在心中找尋和解的機會。不斷說女兒是蠢蛋的川端水繪，過了幾十年仍然沒有把女兒的物品丟掉；而自稱打心底不願意見到母親的忍，或許也同樣抱持複雜的想法。

「我想坂口先生對於川端水繪女士的看法正確……不過，對於忍小姐，倒是看走眼了。」

栞子小姐突然閉嘴，斜眼看向通往廚房的紙拉門。

「……怎麼了？」

她豎起食指要我保持安靜，以伸直右腿的側坐姿勢移動到紙拉門前，手指勾住門把，一口氣把門打開。

「唔哇！」

穿著西裝制服的篠川文香正把耳朵對著我們站在那兒。怎麼看都覺得她正在偷聽我們說話。

她被紙拉門的聲音嚇得跳起來，手中玻璃杯的牛奶差點灑出來。看樣子她真的是剛進門。肩膀上還背著書包。

「小文，歡迎回家。」

栞子小姐冷冷地說。

「咦？唔，嗯，我回來了……」

「喝牛奶的時候，還是先把書包放下比較好。」

栞子小姐難得出現像個監護人的舉動。文香難為情地跨過門檻，把書包放在榻榻米上，端正跪坐好。她的表情雖然很詭異，不過還是沒忘記喝一口牛奶。

「小文，不可以偷聽。」

「嗯……對不起，今天社團活動提早結束回來，我打開冰箱想要喝牛奶，就聽到你們兩人的聲音……啊，不過我沒有聽得很仔細喔！」

「妳從哪裡開始聽的？」

我問。文香又喝了一口牛奶。

「好像是你們接受忍姊老公的委託，卻還是變成忍姊和媽媽吵架的局面……忍姊老公雖然說得沒錯，但是……只聽到這樣。」

我必須非常遺憾地表示，這根本就是全部的內容了嘛。唉，或許也要怪我們太不小心了。

「我不會告訴別人，你們放心！真的！我的口風很緊，尤其是最近。」

特別強調「最近」反而讓人更加不安。我曾聽栞子小姐說「妹妹的個性就是藏不住事情」，看樣子也的確不擅長隱瞞。

「總之，妳千萬別告訴其他人。」

「嗯，知道了……對不起。」

綁著馬尾的腦袋低頭鞠躬，文香起身後退關上紙拉門。我們等著腳步聲走遠。

「……那麼，我們繼續。」

栞子小姐保持伸直右腿的姿勢湊近我眼前。我們之間的距離近到膝蓋就快碰在一起了。她隔著眼鏡仰望我。這個人臉上看起來依舊脂粉未施。剛才還沒有想到，現在突然直接感受到她的頭髮與肌膚香氣。我想應該不是用了香水。

「怎……怎麼了？」

「如果又被妹妹聽到不太好。」

她小聲說著，彷彿在說什麼祕密。雖然她靠近的理由很正當，但是也讓我很困擾。

「雖然與那本書的線索無關，不過在川端女士家裡發生的事情讓我有些在意。」

「……咦？」

「你還記得忍小姐說：『反正還有時間』嗎？」

「記是記得……」

老實說我沒有放在心上。

「意思不是指沒有馬上找到書也沒關係嗎？」

「可是，那句話感覺好像有期限呢。」

「啊……對喔。」

這麼說來確實如此。坂口忍之前完全沒有提到任何期限，只說因為自己非常想念那本書，所以決定找回來。

「這是怎麼回事？」

「我可以想到幾個原因，不過……目前還沒有辦法確定。」

栞子小姐的視線落在我的胸口，髮尖碰著我的膝蓋。這下可糟了。我心想。我雖然很想保持理性，雖然真的很想。

我轉開視線不看向低著頭的她，看見文香忘記拿走的書包。書包提把上掛著幾個吊飾，其中混著一個有對大耳朵、貌似猴子的玩偶鑰匙圈。不對，可能是小熊，不是猴子。

那個圖案前陣子也出現在小菅奈緒的票卡夾上。名字我想不起來，不過似乎很流行。

「……怎麼了嗎？」

栞子小姐似乎注意到我正在看某個東西，也跟著轉頭看向書包。雖然那東西一點也不重要。

「沒什麼……我只是在想掛在書包上那個類似猴子的東西叫什麼名字。」

也許是栞子小姐近在眼前的影響，我不假思索地說出腦袋裡正在想的事情。她的注意力也跟著轉向那邊，手指扶著鏡框，瞇起眼睛看向書包。

「啊，那個褐色的東西對吧……我記得過年時曾經看到小文在這裡看DVD，它好像叫做……」

想不起來。這種反應倒是新鮮。仔細想想，她所知道的知識主要都與書本有關。碰上非文章類的東西，或許就無法發揮超群的記憶力了。

此時紙拉門突然打開，篠川文香再度現身。她已經從制服換成運動服了。

「抱歉抱歉，我忘了書包……啊，真的很抱歉。」

發現我們兩人正膝蓋碰著膝蓋，文香誇張地別過頭去閉上眼睛。雖說我們並沒有在做什麼見不得人的事。

「我不會再打擾你們了，你們放心繼續慢慢來……」

她留下宛如旅館女服務生會說的台詞後，抱著書包正要關上拉門。

「啊，小文，等一下！」

姊姊毫不在乎地叫住她。幾乎已經關上的拉門又開了一半。

「那個掛在書包上的褐色猴子，叫什麼名字？」

文香低頭看看自己的書包，抓起那隻猴子。一隻小狗玩偶也掛在同一個鑰匙圈上，看來那兩個是一組的。

「妳是說這隻嗎？這隻叫車布拉希卡，好像是俄羅斯還是哪裡的偶動畫主角。」

車布拉希卡。這麼說來我好像聽過這個名字。

「奈緒借給我這部動畫的ＤＶＤ。電影本身年代久遠，不過很好看。可愛卻又寂寞。這部作品的最新電影最近剛上映……就是前陣子和奈緒一起去看的那部。」

我終於懂了。前陣子看到小菅奈緒拿著車布拉希卡票夾，因為她是這部動畫的粉絲，而當天她們正好兩人約好一起去看這部新電影。

「新電影也很棒喔。這個鑰匙圈就是那天買的。這隻狗也好可愛。」

文香以手指輕輕摸了摸掛在車布拉希卡旁邊的小狗。

「這隻狗名叫托比客，是車布拉希卡的好朋友……」

「托比客？」

我和栞子小姐同時大聲說。

「嗯，對……嗯？你們為什麼那麼驚訝？」

「這隻狗被飼主拋棄了嗎？」

栞子小姐問。

「咦？我想想……好像有在路邊哭喔，後來遇到車布拉希卡他們，還和獅子成了好朋友。」

聽到文香困惑地回答，我和栞子小姐面面相覷。狗狗和獅子變成好朋友，主角另有其人──這些都與坂口忍的說法吻合。她讀的那本書，也許就是這部電影的原作，或者是先有電影才出書的。栞子小姐的印象這麼模糊，也是因為這個故事是電影而不是書。

接下來繼續調查的話，應該能夠找到忍在找的那本書。

「……怎麼了？」

書的謎題雖然解開了，不知為何栞子小姐的臉上卻仍舊有陰霾。

「沒什麼……雖然已經知道是哪本書了，不過……」

她沒有繼續說下去。看樣子似乎還有其他謎題尚待解開。

6

自那之後過了將近一個星期，我們才與坂口夫婦碰面。

栞子小姐馬上就鎖定了坂口忍在尋找的書，不過花了不少時間才找到實品，並收購訂貨。那本書沒有出現在舊書店的網路商店或拍賣網站上。栞子小姐請教了專門經手童書的舊書店才總算找到。

「童書原本就很少流通於舊書市場上。」

栞子小姐說。

「因為讀者是小朋友，因此很少有保存狀態良好的書品。多半是直接丟掉。」

再加上經手童書的舊書店原本數量就少，即使曉得書名，也不容易找到書。這次可以說是運氣很好。

書送來之前，我在出租店借了「小小車布歷險記」的ＤＶＤ。拿著封面上有玩偶角色特寫的ＤＶＤ去櫃台結帳實在丟臉，但是我對於內容十分好奇。

我一邊在家裡看ＤＶＤ，一邊聽母親抱怨「外表高大壯碩借這種東西回家，有夠不適合」。結果後來，連母親也安靜看入迷了。

ＤＶＤ一共收錄了四集故事，坂口忍尋找的原書，就是ＤＶＤ第一集的內容。

故事發生在俄羅斯的城鎮，由來自美國的貨物中混進了一隻身分不明的動物拉開序幕。其他人想讓那隻動物坐下，牠卻馬上倒下，因此被取名為「車布拉希卡」，意思是「噗通倒下的傢伙」。

沒有人願意飼養牠，所以牠住在電話亭裡，與正在招募朋友的孤單鱷魚蓋納成了好朋友。而前面提過的狗和獅子，就是看到招募前來的孤單動物。

這些形單影隻的動物們聚集在一起，打造了「朋友之家」，雖然屢遭喜歡惡作劇的頑皮婆婆阻撓，所有動物仍舊齊心合作，房子完成時，牠們已經成為好朋友，也不再需要什麼「朋友之家」了。

最後牠們把完成的房子捐給幼稚園，也與頑皮婆婆成為好朋友，第一集到此結束。

我知道這些角色很可愛，也覺得電影很棒，但是車布這些動物所做的事情沒有獲得回報，這點讓我覺得受騙上當。所有角色固然開朗，卻似乎都有陰影牽絆，讓我心裡不免存在著疙瘩。

我們請坂口夫婦在打烊時間後到文現里亞古書堂來一趟。

我們算完收銀機的營收時，坂口忍與手搭在她肩膀上的丈夫一塊兒走進來。

「店長小姐，五浦先生，晚安……」

她一如往常地微笑打完招呼，才發現店裡早有其他客人在。一位圓臉的年老男性背對玻璃櫃站在那裡。

「……爸？」

坂口忍開口，彷彿有東西哽住喉嚨。那位男性是忍的父親川端。

「你為什麼在這裡？」

「……我很好奇妳找的那本書是什麼書。」

川端口齒不清地回答。與其說他冷淡，實際上應該是不擅長說話。幾天前，他打電話到店裡來時，也重複了好多次想要知道關於女兒在找的那本書。我們一提到已經訂到那本書，並且和忍約好拿書之後，他便提議希望也能夠到場。也許是想要見見女兒吧，只是他自始至終都只提到書的事情。

「這件事我怎麼沒聽說？」

忍不滿地瞪著我和栞子小姐。她和父親的感情絕對算不上好，她也說過自己不曾和父親好好說過話。

「五浦有通知我，只是我忘了說。抱歉。」

坂口昌志冷靜地道歉。他應該是故意不說的吧。忍也不再提父親的事，轉向栞子小姐。

「我讀過的那本書，真的找到了嗎？」

「是的，我想應該沒錯。一如我在電話中說過的，那本書是『小小車布歷險記』這部偶動畫的原作……」

「啊，那部動畫，從妳這裡聽說之後，我們也借來看了。真的好可愛！妳看！」

坂口忍從外套口袋裡拿出手機擺在櫃台上，手機上掛了抱著橘子的車布吊飾。

「我買了這個，可愛吧！」

「呃……嗯……」

栞子小姐含糊笑了笑。她對於這類可愛的小東西大概沒什麼興趣。忍用手指輕輕戳了戳車布的大耳朵。

「可是，這個和我記憶中的車布完全不一樣耶……是不是我弄錯了？」

我也注意到了這點。忍畫的車布是黑色狸貓，跟這個車布娃娃一點也不像。就算有錯也未免差太多了。

「不，您沒弄錯。您畫的車布確實掌握住了特徵。」

「咦？可是……」

「請看看這個。」

栞子小姐從櫃台底下拿出一本書，那是由新讀書社出版、伊集院俊隆翻譯、烏斯賓斯基所著的《車布與他的朋友們》。藍色封面正中央站了一隻長頸鹿，咬著寫有書名的板子。旁邊是猴子、鱷魚和類似黑色狸貓的動物。

「啊，就是這個！就是這本書。我畫的就是這隻！」

忍用力指著那隻黑色動物。只看臉的話，看起來就像是一隻小熊，但是長尾巴又很像狸貓，跟忍所畫的絲毫不差。

「這就是車布嗎？」

我問。栞子小姐點頭。雖說看不出來牠是什麼動物，但也未免差太多了。兩隻車布擺在一起，應該不會有人認為牠們是同一隻動物。

「為什麼差這麼多？」

「我查過不少資料……」

栞子小姐以這句話開始說明。我和坂口夫婦圍在櫃台四周。

「童話作家烏斯賓斯基於一九六六年寫了《車布與他的朋友們》……原本的書名直譯是《鱷魚蓋納與他的朋友們》……這個故事發表之初，車布的設計尚未定型，而這本書的插畫在一九六〇年代中期由阿爾菲夫斯基（Alfeevskiy Valeriy Sergeevich）繪製。」

「那麼，設計是什麼時候確定的呢？」

「一九六九年發表偶動畫版第一集之後。由當時擔任導演的羅曼・卡察諾夫（Roman Abelevich Kachanov）與美術導演雷歐尼德・蕭沃魯滋曼（Leonid Shvartsma）不斷討論、琢磨出來。」

原來如此，是電影決定了這個角色的造型。雖然說這本書的車布也別有一番風味。

「嗯……一九六九年，我還沒出生呢。這本書是更早之前就出版了嗎？」

忍問。

「不，這本日文翻譯版是一九七六年出版的。」

「那麼，當時已經有動畫了吧？」

「當時『小小車布歷險記』的動畫的確已經出到第二集了……不過市面上很少放映前蘇聯的偶動畫，因此這部作品本身在日本幾乎沒有人知道。所以我想也沒有人會採用電影版的人物造型設計。」

也就是說，這本日文翻譯版與電影幾乎沒有關係，只把這本書當作是童話作家烏斯賓斯基的作品出版而已。

「這本書雖然已經絕版，二〇〇一年，同一家出版社再次重新包裝出版。封面上畫著與電影版設計相同的車布，不過內文插畫仍然與舊版相同。」

「所以現在在一般書店也能夠買到囉？」

琹子小姐點頭。

「原來如此……」

坂口忍拿起《車布與他的朋友們》開始翻閱。

「真的耶，好懷念啊……這本書的內容也和動畫有點不同。一隻犀牛從動物園跑出來，在鎮上到處亂跑……啊，找到了。」

忍把臉湊近翻開的書頁，開心地笑了出來。小時候的她或許也像這樣閱讀這本書吧。

「……川端先生。」

琹子小姐突然叫住忍的父親。只有他一個人禮貌地站在遠處。

「不介意的話，您要不要看看呢？」

川端雖然面有幾分難色，還是從口袋裡拿出老花眼鏡來。忍不發一語地把書交給父親。好一陣子店裡只聽見些微的翻書聲。

「……和樂融融之家就是這個啊？」

「什麼意思？」

「狗屋上面寫的『和樂融融之家』。」

說完，他把攤開的書頁遞給女兒看。

我要經營一間和樂融融之家。
歡迎所有需要朋友的人進來。

我想起川端家的狗屋。也許就是電影中出現的「朋友之家」吧。孤零零的人都可以入住的房子。所有角色同心協力完成這間豪華的房子，最後大家卻沒有使用。和托比客一樣，那個名字也是出自於這篇故事。

「對，就是出自這本書。」

忍的聲音莫名開朗乾澀。

「你第一次問我……應該說，爸和媽從來都沒問過我任何問題。爸爸不和我說話，媽媽則老是在罵我。家裡沒有半個人知道我在想什麼……」

我屏住呼吸。撿回被拋棄的小狗，養在所有孤單人物聚集的「和樂融融之家」裡。她抱持著什麼樣的心情做出這番舉動，十分明顯。

「我想要屬於自己的『和樂融融之家』……所以決定高中一畢業就離家出走。我對那個家厭惡到甚至想吐。」

「忍……？」

坂口小聲開口。他的妻子一臉蒼白，或許與前往川端家時一樣身體不舒服。

「沒關係……我不是在生氣。我也從來不聽媽的話，還擅自撿回托比客，在家人反對下執意收養牠……為所有人帶來許多麻煩，我也覺得以前的自己真是個蠢蛋。」

「我從以前就一直說了……」

坂口嚴肅地說：

「妳不是蠢蛋，這點我可以保證。」

「……謝謝。」

忍露出微笑。川端靜靜拿下老花眼鏡，闔上書，交回給女兒。眼神變得有些飄渺。

「我……的確對妳的事情一無所知。」

「當然啊，我們一直都不曾好好說過話……一方面也是因為你很少在家，工作又忙碌——」

「……不是。」

他簡短否定。

「我……是在逃避妳，因為我很害怕。」

「咦？」

忍雙眼圓睜。

「對我們夫妻來說，妳的個性和價值觀都不一樣……尤其是自從妳上國中之後，我更是不曉得該如何和妳相處。妳媽也和我一樣，除了挖苦之外，她不曉得該用什麼方式跟妳溝通……現在也還是這樣。」

川端毫無保留地坦白一切，讓我愕然。忍皺起臉撇過頭去。

「她怎麼可能是為了這種正經理由，那個人明明一看到我的臉只會叫我蠢蛋。」

「……忍小姐。」

栞子小姐靜靜開口。

「您還記得那間狗屋嗎？」

忍緘口不語。川端水繪無法丟掉那間狗屋。不單單只是狗屋，就連離家出走的女兒的物品也是如此。

「我希望妳能找個時間見見妳母親。」

川端終於和女兒面對面說出口了。或許是緊張的緣故，他的額頭上冒出豆大的汗水。儘管如此，忍仍舊沒有點頭。

「說我也就算了，我忘不了那個人怎麼說小昌。既然她不願意道歉，我也沒打算見她……」

「……忍，妳還是見見她吧。」

坂口嚴肅的聲音響徹店內。

「講和吧，我說話也該看時間、地點。妳母親會有那種反應也是理所當然。」

記得代我問候妳那位可怕的丈夫啊。川端水繪的話言猶在耳。那個不是諷刺，不對，儘管其中含有不少諷刺成分，態度卻很真誠。

「……妳媽告訴過妳托比客失蹤時的事嗎？」

川端突然轉變話題。忍一瞬間露出倉皇失措的表情。

「我聽說是我去參加畢業旅行時，家裡正好在修門，托比客就從縫隙間跑出去了。那隻狗很笨，所以連回家的路都找不到。不對嗎？」

「不，確實是那樣……我想說的是，妳媽媽當時一直到處尋找托比客。」

「咦？」

「她說想要在妳畢業旅行回來之前找到，所以工作也請假……結果還是找不到，後來還趁著休假的日子一個人默默尋找。這幾十年來打掃那間狗屋的人也是妳媽媽……她的嘴巴確實很惡毒，但那也是基於責任感。她絕不是個冷漠無情的人。」

忍看向手中的《車布與他的朋友們》，不斷翻看正面和背面，彷彿在確認什麼。

「……我知道了，我會考慮。」

說完，她抬起頭看向櫃台後側的栞子小姐。

「謝謝妳找到這本書。我想要買下它，多少錢呢？」

坂口忍拿出錢包，店長仍然沉默站著不動。

「……店長小姐？」

「不收費。」

「咦？為什麼？」

我也很驚訝。這書是我們書店先墊錢幫坂口忍向其他書店訂購，雖說不是多昂貴，但也不能免費贈送啊。

「這怎麼行？這筆錢我一定要給。」

「不用。這本書就送給您……當作賀禮。」

忍停下原本正要抽出鈔票的手，以傷腦筋的表情環顧在場其他三人之後，對栞子小姐虛弱地微笑。

「妳發現了嗎？」

「我猜得果然沒錯，是嗎？」

我一頭霧水。忍身邊的坂口昌志也一臉驚訝。

「妳怎麼發現的？……好了，快告訴我。」

「……我在想，您最近戒掉了不少東西。香菸、酒、高跟鞋……還有看起來不太舒服的樣子。我母親也曾經有過這段時期……就是在生我妹妹之前。」

「啊……」

我忍不住叫出聲。聽到這句話，我終於也懂了。除了這本書之外，栞子小姐很在意的謎團就是這件事。

忍把書放在櫃台上，換個表情重新面對自己的丈夫。坂口太陽眼鏡底下的眼睛大睜著，似乎也發現真相了。

「小昌，我懷孕了。」

我回想起今年初遇到忍時的對話。

（我已經不抽菸了。這樣比較好……反正很多人老是勸我戒菸。）

我原本以為是因為香菸漲價。香菸的確會對胎兒造成不良影響，一開始她本人便早已經說出提示。

「我一直沒有懷孕，本來以為生不出來，再加上我們的年紀也不適合努力生產……可是你看，我們最近幾個月經常去旅行，旅途中也玩得很開心，對吧……」

忍的左右手食指互相推來推去。原本一邊點頭一邊聽的栞子小姐也臉紅了。

「為……為什麼……第一時間沒有告訴我？」

坂口總算清楚提出疑問。難得他會結巴。

「小昌，你現在光是煩惱自己的眼睛就煩不完了。而我也一直在煩惱著該選在什麼時機告訴你。一直瞞著你，對不起……我可以生下這個孩子嗎？」

忍問得若無其事。

坂口原本抿成ㄟ字型的雙唇不住地顫抖。可以肯定他的心中一定充滿各種情緒。

「……如果妳願意生下我的孩子的話……」

他的聲音帶著些許哽咽。

「我可沒想過要生其他男人的孩子啊，你這個笨蛋！」

忍露齒微笑。

這時我注意到川端不曉得什麼時候已經離開櫃台，背對著我們站在昏暗的書架與書架之間，用手機小聲和某人對話。

「那麼，妳也知道我找這本書真正的原因吧？」

坂口忍問栞子小姐。

「這個嘛……一方面的確是您想要重讀這本書，另一方面則是希望有一天也能讓孩子讀一讀……我說對了嗎？」

「沒錯。店長小姐果然很聰明。」

原來如此，我心想。一開始找不到那本書時，她說「還有時間」，原來是這個意思。這麼說來，孩子能夠看懂這本書，的確是很久之後的事。

此時川端正好講完電話回來。看到他彷彿什麼事也沒發生似地站在櫃台旁邊，他的女兒皺起眉頭。

「你打電話給媽媽？」

「……沒錯。」

川端乾脆承認。

「妳媽也注意到妳身體不舒服，說妳可能是懷孕了。她一直都很擔心妳……所以……也就是說……」

他或許是想叫女兒與母親見見面。我、栞子小姐和坂口也屏息等待忍的回答，她卻氣呼呼地把頭轉向一邊。

「既然這樣，她不會自己來問我嗎？用電話透過第三者問情況，到底哪裡看起來像是真的擔心我了……」

看著店門口的忍突然緘口。好像有人站在門簾和玻璃門後側。那道女性特有的嬌小剪影，我一看就知道是誰。

「她也一起來了……雖然只到北鎌倉的車站。」

川端尷尬地解釋。門外的來者還在猶豫，最後還是打開拉門，從兩片門簾中間現身。

忍的母親背對著店門口，一雙大眼睛凝視著女兒，動也不動，也沒有看向其他人。

「妳應該去過醫院好好檢查了吧？」

語氣還是一樣帶刺。

「……去過了。」

「妳真的想生嗎？」

忍點頭。川端水繪無奈地搖頭。

「妳也不年輕了，一直照顧比妳年長的丈夫，還要生孩子的話，可不是普通辛苦。妳真的有好好考慮清楚嗎？」

儘管如此，忍的表情還是沒有改變。她比剛才更用力地點頭。

「我說，忍……」

「媽，我——」

忍緩緩開口。

「小時候很想去和樂融融之家……希望擁有一個不覺得寂寞、能夠安心生活的家。和他結婚之後，我知道自己找到了夢想中的家。」

母親一臉驚訝想要回應，卻被忍阻止。她繼續說：

「可是，只有這樣真的不夠。這次，必須由我來收容其他人，因為，我已經不再是孤單的孩子了，因為我長大了，稍微堅強了……我絕對不會放棄這個即將降臨我們家的孩子。再辛苦也沒關係。」

店裡一片靜悄悄。川端水繪看著女兒，好一會兒都像裝飾品一樣動也不動。

「……妳真是個蠢蛋。」

最後她重重嘆息後開口。

「孩子的爸，我先回去了。」

她轉身走向店外。看樣子想要和解果然很難吧。我們正感到失望時，原本要關上拉門的川端水繪回頭看了女兒一眼。

「忍，改天回家一趟……帶著妳老公一起。」

她的語氣比以往和緩了些。

「我們還有許多關於未來的事情，必須好好談談。」

第三話

宮澤賢治

《春與修羅》（關根書店）

1

「我請喝咖啡。」瀧野蓮杖開口第一句話就這麼說。

距離我們約好見面的時間遲到不過五分鐘，我認為他不需要請客，他卻充耳不聞，一邊說：

「反正又不貴，別放在心上。」一邊領著我前往車站附近的連鎖咖啡店。

「很少有咖啡館這麼早開，即使車站附近的也是。」

我們坐在能夠眺望外頭的窗邊座位。這是我第一次來本鄉台。這裡的馬路很寬，車站前面也有不少商店。

這個市鎮放眼可見新建大樓，視野開闊，市容整潔乾淨，與隨處都是參差不齊老建築的大船相去甚遠。

二月就快結束了。窗外的超市前，幾名女士在寒風中等待超市開門。今天也是看來會下雨降雪的陰天。

「抱歉，難得休假還把你找出來。」

「沒關係，反正我本來也沒有其他計畫……而且也不遠。」

我說。我居住的大船與本鄉台只有一站的距離，只是我沒有親朋好友住在這一帶。

瀧野今天早上打電話給我，說：「我終於有空了。如果方便的話，要不要見面聊聊？」聽到他這麼說，我一開始很猶豫——這麼說來，上次提到栞子小姐的母親時，他曾說過「改天有空我再慢慢告訴你」。

於是我們約在距離瀧野書店很近的本鄉台。

「篠川最近如何？她好嗎？……啊，抱歉，我可以抽菸嗎？」

拿出香菸含在嘴上後，他才突然想到要問。我點點頭。

「她很好，腳似乎也復原得很不錯。」

「是嗎？那就好。」

瀧野喀嚓一聲打開打火機蓋子，點燃香菸。

栞子小姐的腳已經比之前更能夠自在行動了。雖說還沒有完全恢復，不過總有一天能夠脫離拐杖生活。

「有沒有什麼不一樣的地方？」

「我想應該……沒什麼特別不一樣的地方。」

我訝異地回答。說得精確些也不是全然沒有，只不過都是些雞毛蒜皮的小事。自從上個月我們協助坂口忍找書之後，她變得偶爾會主動談起自己的母親。與其說是談，其實多半是「突然不見讓我們不知所措」、「她就是這麼自私」諸如此類的抱怨而已，不過自從她懂得把情緒表露出來，整個人似乎也開朗許多。也許是見到幾十年不曾好好溝通的坂口忍與母親之後，領悟了些什麼吧。

「不好意思，我問了怪問題。」

瀧野苦笑著將菸灰敲進菸灰缸裡。

「篠川店裡的客人沒有增加嗎？或者她經常在主屋那裡會客？」

「我想沒有，怎麼了？」

據我所知沒有這種情況。但如果他們是挑像今天這樣的公休日會面的話，我就不可能知道。

「《蒲公英女孩》被偷時，我就注意到了。我想大約是從你開始在店裡工作時開始的吧……篠川是不是會接受上門光顧的客人諮詢，並且解決舊書相關的問題？」

「……嗯，偶爾會這麼做。」

「果然沒錯。我去鎌倉到府收購時，曾經聽客人說過，北鎌倉的舊書店又開始接受這類委託了之類的話。當時我還沒當一回事。」

瀧野表情晦澀地看著地面吐出煙。

「又開始……意思是之前也做過嗎？」

「是的，篠川伯母做過……你沒聽說過嗎？」

我沉默搖頭。栞子小姐也不曾告訴過我。

「我也是開始做這一行才聽人說過。聽說篠川伯母經常幫人尋找被偷的舊書……不過好像即使找到犯人，也不一定會送去警察局。」

瀧野的說法頗委婉，不過我馬上心裡有數。幾十年前被偷的藤子不二雄《最後的世界大戰》初版書——篠川智惠子當時就是以此威脅犯人，取得其他珍貴的初版書。

「……意思是她利用這種方式做生意，是吧？」

瀧野的唇角緊繃了幾分，似乎注意到我對文現里亞古書堂內情的了解程度。

「或許吧。」

他將變短的香菸捻熄在菸灰缸裡。

「我想說的是，這件事情如果廣為流傳，很可能有惡質的委託找上門。你最好也要小心一點……嗯，不過篠川她應該不至於涉險就是了。」

「……」

想到她為了保護太宰治的《晚年》初版書所做的事，我無法這麼樂觀。想要的東西無論如何都要擁有——她也具備這種瘋狂書迷的特質。即使不至於構成犯罪，但是仍有可能做出違背道德的行動。

（嗯？）

我突然抬起頭。

「從我加入古書堂開始？意思是過去就算遇到書籍相關的委託，她也不會接受嗎？」

真意外。我還以為只要與書有關，無論如何她都會義不容辭。

「……我是這麼認為。」

瀧野回答。

「她應該不希望做出與篠川伯母一樣的事。再說，那傢伙雖然對書很拿手，但是卻不擅長與外人接觸。」

確實如此，所以她才會在店裡築起書牆，躲在牆後。但若真是這樣，又為什麼改變了？

「也許是認識你的關係吧。」

「咦？」

「她只要一談起書，你就會聽得很興致勃勃，對吧？不擅長說話的人遇到這種情況會很開心，想要和你多說些話、多親近些的感覺也會愈來愈強，所以對於這類委託也變得更積極……」

我嚥了口口水。真是這樣嗎？或許吧，畢竟她的青梅竹馬都這麼說了——

「……我不知道她是不是真的這麼想啦，如果真是這樣就有趣了。」

哈哈哈——瀧野大笑。我一點也不覺得好笑。很明顯他是在耍我。

「栞子小姐的父親知道自己妻子的所作所為嗎？」

我換個話題，瀧野臉上的笑容瞬間消失了。他點燃手中第二支菸，整理自己的思緒。

「這個嘛……話說回來，我們既不曉得也不確定篠川伯母做到什麼地步……嗯，不過做丈夫的不太可能對自己老婆的作為一無所知才是。」

「難道……他也有涉入？」

我戰戰兢兢地詢問。這樣一來，表示整家店都在進行與找到《最後的世界大戰》時一樣危險的買賣。

「不清楚。」

瀧野搖頭。

「不過，先不論好壞，篠川伯父這個人很一板一眼，不像是會從事詭異買賣的人。再加上文現里亞古書堂裡經手網購業務的人是篠川伯母，採購也幾乎由她獨立執行。或許篠川伯父隱約察覺到情況，但我想他大概基於某些原因，選擇視而不見。」

我喝下一口已經涼了的咖啡。文現里亞古書堂的謎團愈來愈多了。篠川智惠子在文現里亞古書堂裡實際做了些什麼？為什麼離開？現在人在哪裡？又是透過什麼方式取得我們的資訊呢？

「對了對了，差點忘記。」

瀧野突然想到，從口袋拿出一只褐色信封遞給我。

「給你，看看裡面。」

我聽從他的話打開信封，從裡頭拿出一張黑白照片。地點是文現里亞古書堂前面，照片中有父母親和女兒們一共四人。

第一個映入眼簾的是站在鐵製旋轉招牌旁邊的麻花辮少女。聖櫻女學園國中部的制服很適合她。聖櫻女學園位在鎌倉市郊區，屬於國高中一貫的天主教女校。

少女看起來比現在還嬌小纖細，不過看得出來那是以前的栞子小姐。大概是攝影師敦促她微笑的關係，她拚命揚起嘴角，樣子看來很可愛。

站在她身旁的是父親，亦即前任店主。外表看來約四十幾歲，比我印象中略顯年輕；國字型的堅毅輪廓上帶著笑容。他身旁站著一位身形修長的女性，懷中抱著一名四、五歲的女孩。

這個人一定就是篠川智惠子了，而小女孩大概就是篠川文香吧。小女孩抱著母親的脖子，面對相機露出雪白牙齒微笑。篠川智惠子的臉埋在女兒的手臂下，只露出一半，不過能夠清楚看見她笑得很開心。她身穿素色女用襯衫與裙子，留著一頭長髮，外型與現在的栞子小姐很相似。

「這張照片是我在伯母失蹤前一年拍的。我想這大概是那家人唯一拍過的全家福照片。」

這個時期的栞子小姐和母親還不太像，一方面也是因為服裝不同，最重要的是這時候的栞子小姐沒戴眼鏡。

「栞子小姐這時候的視力很好嗎？」

瀧野往前探出身子，湊近看著照片。

「不，那傢伙從小就有近視。我記得她唯一戴隱形眼鏡的時期就是這時候。」

原來如此。少了眼鏡，感覺完全不同。

「你說他們沒有全家福照片是什麼意思？」

「篠川伯母很討厭拍照。聽說連結婚照也沒拍……唉呀，女兒也一樣討厭拍照。有兩個討厭拍照的人在，所以這張照片當時很辛苦才拍成。只拍到伯母側臉也是她故意的……不過，這張照片拍得很棒，對吧？」

「……的確。」

我明白他很自豪。這張照片捕捉到幸福的一瞬間。

「為什麼要把這張照片給我？」

「我想你應該會想要篠川以前的照片。不要嗎？」

瀧野笑得很故意。但我也不想逞強說「不要」，因為我的確想要。

「……謝了。」

道謝後，我把裝著照片的信封收進外套內袋裡。

與瀧野道別後，我完全忘了照片的事。

等我再次想起已經是幾天後的下午，我從平交道對面的便利商店買回午餐時的事了。我在書店旁邊停下腳步，拿出忘在口袋裡的照片，比對眼前的風景。看來我所站的地方正好就是照片拍攝的位置。

照片中的季節似乎是初夏，綻放的繡球花溢出鄰居柵欄縫隙。這種花在這一帶隨處可見，即使現在是冬天也能看見它的枝葉。

景物依舊固然令人驚訝，可惜照片中的家庭人事已非。女兒們已經長大，父親過世，母親則失蹤了。

我凝視著篠川智惠子那張半遮的臉。這張照片雖然拍得不清楚，不過從篠川家主屋二樓那幅畫，我知道她的長相。畫中女子神似正在讀書的栞子小姐——這麼說來，不曉得那幅畫究竟是誰畫的？

「……大輔先生。」

從店裡出來的栞子小姐不曉得什麼時候已經站在招牌旁邊，正好與照片上的位置相同。

「你在看什麼？」

「啊，瀧野先生給我的照片……」

我很隨性地把照片拿給栞子小姐看，怎知她的臉立刻像燙熟般漲紅，拄著拐杖飛快靠近我，搶走我手中的照片。

「這……這是從哪裡拿到的……」

她翻過照片緊貼在自己胸口。看到照片被深埋在穿著毛衣的胸前，我忍不住轉開視線。

「剛說了……是瀧野先生給的。」

我這才發現自己做錯了。瀧野說過這個人也討厭拍照。

「我不曉得拍照時應該擺什麼表情……」

栞子小姐垂頭喪氣地說。

「這張照片也是，每次拍照都很不自然，所以我討厭照相……而且我原本就不喜歡自己的長相……」

「照片裡的栞子小姐很可愛啊。呃……我是很喜歡啦。」

我努力說出這句話。無人的巷道裡瞬間一陣沉默。她戰戰兢兢地瞥了胸前的照片一眼，呼地嘆了口氣。

「……謝謝。」

她鄭重其事地道完謝，晃著腦袋回到店裡，大概是顧慮到我的心情。然後她似乎也沒打算把照片還給我。

「啊，對了。」

走在堆滿書的走道上，她回過頭。

「大輔先生，今天晚上有事嗎？」

「是沒有。」

她低著頭想了一會兒，似乎有些猶豫。

「……如果方便的話，能不能陪我一個小時？」

「咦？」

「有個地方我今晚非去一趟不可。」

她說。

2

結束打烊工作，走出店外，夕陽早已西沉。

栞子小姐說，我們要去的地方沒有那麼遠，因此無須開車。我配合她的步調，走在月台旁的小巷裡。這裡位於北鎌倉車站驗票口的反方向，幾乎不見人跡。

我們走過穿山闢成的洞穴隧道，頭上就是岩石直接裸露的隧道頂。我一如往常地縮起脖子。

「媽媽的同學早上打電話來。」

栞子小姐邊走邊說。

「同學？什麼時候的同學？」

「好像是國中和高中同學。對方住在北鎌倉，從父親那一代就經常光顧我們書店……現在要去的就是那位同學的家……」

「請等一下。」

我打斷她的話。

「妳母親念的是哪一所學校？」

「聖櫻女學園……啊，我沒提過嗎？」

第一次聽聞。聖櫻女學園也是栞子小姐的母校。母女都是同一所學校畢業的嗎？

「妳母親原本就住在這一帶嗎？」

「是的，聽說娘家在深澤。」

她回答。早聽說她母親以前是文現里亞古書堂的常客，因此也不覺得大驚小怪，但是——

「妳母親的家人呢？」

既然有家，應該有家人才是。但是栞子小姐搖搖頭。

「聽說現在沒人住在那個家裡。媽媽曾說過自己沒有家人……詳細情形我不清楚。我和文香從來不曾見過她那邊的親戚……」

她說到這裡停住，只有拐杖的聲音迴盪在傍晚的昏暗中。就算親兄弟姊妹都過世了，完全不曾見過任何親戚也未免太不自然。或許另有隱情吧。

在平交道的這一側右轉後開始上坡。這條路我很熟悉，從以前就讀的高中走到北鎌倉車站必定會經過這條路。

「那麼，妳母親的同學為什麼打電話來？」

我回到原本的話題。

「……我也不清楚。」

「咦？」

「對方只說詳細情形等見面再談。」

「只有這樣嗎？」

「對方說是重要的事情……」

真是喜歡故弄玄虛，莫非事情與篠川智惠子有關？我明白了她希望我陪同的原因，因為她對於這樁詭異的委託感到不安。這種時候至少我還能夠派上用場。

斜坡到了中段，路突然變窄。這一帶是環繞鎌倉山群的一部分，從過去就屬於高級住宅區，不過停車場裡幾乎都是小型房車，因為這裡道路狹窄。

最後，我們來到窄路盡頭，接下來是通往山上的階梯，從這裡往上走約五分鐘就是我的母校。畢業後我就不曾回去過。

「對方的家還要繼續往上走嗎？」

「不……就是這裡。」

栞子小姐阻止正要繼續走上階梯的我。以高柵欄包圍的古老宅邸就聳立在我們眼前。牆壁上爬滿一整片的常春藤，只是冬天這個時節，常春藤的葉子全都掉光了。

帶著裂痕的水泥門柱上掛的門牌寫著「玉岡」。鐵門那一頭只有面對庭院的房間孤零零亮著燈。景象看起來有幾分寂寥。

「……」

栞子小姐猶豫了好一會兒，終於帶頭打開門。庭院整理得很整齊，不過這個季節似乎沒有花朵綻放或樹木結果。

我站在負責按門鈴的栞子小姐身後，等待屋裡的人現身，同時望著沿柵欄種植的繡球花枝葉。高中時代走過這戶人家門前時，我曾見過繡球花盛開的樣子。

聽見開門聲，我反射性地挺直背脊。門後出現一位身穿黑色高領毛衣的嬌小女性，頂著一頭日本傳統妹妹頭，瀏海整齊剪成一直線，頭上到處摻著白髮，脖子上也有與之呼應的皺紋。年紀大約五十多歲。

「很……很抱歉，這麼晚還來打擾……呃，我是早上接到來電的文現里亞古書堂……」

栞子小姐的招呼話語結巴到令人同情的程度。

「……妳是智惠子的女兒吧？」

女士露出很有氣質的溫和微笑說。

「我是打電話過去的玉岡聰子……來，請進。」

她表示有間房間希望我們看看，於是我們跟著她來到一樓走廊盡頭的西式房間。那裡是書房，牆面上成排的書櫃上裝著霧玻璃門扉，掛著厚重窗簾的窗前擺著有扶手的木製椅子和小桌子。想必書房主人就是在這裡享受讀書樂趣。

「這裡面全都是家父的藏書……兩年前他過世後，便由我繼承管理。」

玉岡聰子說。部分藏書堆在桌上和地上。最引人注意的就是外國的大開本畫冊與零散的老舊個人文學全集，看樣子過世的書主擁有相當深厚的日本文學與美術造詣。

（嗯……？）

這房間的景象讓我感到有些不對勁，裡頭的某個部分似乎曾經在哪裡見過——不可能，應該只是錯覺，因為這是我這輩子頭一次踏進這間房間。

「家父移居到這塊土地已經是將近五十年前的事。當時他經常前往文現里亞古書堂。他在貴店買下許多書，也賣給貴店不少書……妳沒有從父母親那裡聽說家父的事嗎？比方說他都買哪些舊書等等。」

聽到這個問題，栞子小姐輕輕搖頭。

「很抱歉……家父、家母沒有特別提過……」

「這樣啊。」

玉岡聰子微笑以緩和尷尬。

「這也難怪呢，畢竟家父從十年前身體行動不便後，就無法再到店裡去了……不好意思，我說了奇怪的話。」

「不……不會……沒那回事……」

看樣子對方曾經是店裡很重要的客人，只是十年前栞子小姐還沒開始在店裡幫忙，不認識也是理所當然。

「請……請問您今天要我們過來，為的是什麼事呢？」

栞子小姐問。我也想知道。如果只是為了處理掉這些藏書，大可直接在電話上說明。如果是為了談談父親的回憶，似乎也沒有必要特地把素未謀面的栞子小姐叫來。

「一般找智惠子商量的事情，應該也可以找妳處理吧？」

一聽到母親的名字，栞子小姐的表情變得僵硬。

「您是指？」

「智惠子經常接受上門光顧的客人委託。只要是與舊書有關，再難的委託她都會接受……我最近聽說妳也接受這類委託。」

我屏住氣息，想起瀧野曾說過我們店裡開始接受舊書相關委託的傳聞已經廣為周知一事。

沒想到真的會出現這種形式的委託。

「……我沒辦法做到母親那個地步，不過……」

考慮一陣子之後，栞子小姐回答：

「如果方便的話，請說給我聽聽。」

看樣子她沒有打算拒絕。我感到一抹不安。雖然不曉得有沒有危險，不過這件事情與她過去解決的事件性質上似乎有些不同。或許該像瀧野所說的，小心一點比較妥當。

「謝謝妳。」

玉岡聰子道謝，壓低聲音繼續說：

「我希望你們能夠幫我找回從這間書房被偷走的書。」

3

我們移動到書房隔壁的小客廳，面對面坐在榻榻米上的舊家具前。

「開始詳細說明之前，我希望你們看看這本書……這本書，你們知道吧？」

玉岡聰子將包在石蠟紙中、裝在書盒裡的舊書擺在桌上。栞子小姐的眼睛瞬間發亮，而隔壁的我當然是一頭霧水。

褐色書盒外貼著一張白紙，上頭以難以辨識的字體印刷著書名與作者名字。

《春與修羅　心象素描》

作者是宮澤賢治——這個名字連我都知道。國語教科書上還收錄了幾篇他所寫的童話及詩。我記得為了瀕死的妹妹外出採雪這首有名的詩，應該就是出自宮澤賢治之手。

「這是關根書店出版的《春與修羅》初版書吧？我還是第一次見到狀態這麼好的書……可以翻閱書頁嗎？」

栞子小姐突然變得口齒流利，一如往常好像變成另一個人。

「好，當然。」

對方還沒說完，栞子小姐已經拿起書盒，從書盒裡取出書。由舉動也可看出她十分興奮。

以粗布裝幀的書封上只大大印刷著某個類似植物的圖樣。書背上寫著「詩集　春與修羅　宮澤賢治著」。即使是門外漢如我，也看得出那設計的精緻用心。

「這是什麼時候的書？」

我小聲問栞子小姐。

「發行於大正十三年……也就是距離現在八十七年前。」

「八十七年……」

沒想到這本書的年代那麼久遠。這麼說來書況真的很好，幾乎沒有曬壞或毀損，一直被好好保存著。

「……這本書很珍貴吧？」

「當然！」

她毫不遲疑地說。

「宮澤賢治雖然留下眾多作品，但是在他生前就出版的著作，只有童話短篇集《要求特別多的餐廳》，以及這本《春與修羅》而已。這兩本在當時算是自費出版，因此幾乎賣不好……作者自己還認購了不少本。」

「咦？可是另外還有《銀河鐵道之夜》吧？那個……」

「《銀河鐵道之夜》是以原稿的形式留下，在他去世後才收錄在全集中出版。作者生前甚至沒有機會發表那部作品。」

「原來如此……」

我忍不住呻吟。那麼有名的作品居然有這番波折啊。

「作者曾經多次修改稿子，因此究竟哪一份是正式稿，多年來，學者之間也爭論不休。這種情形在宮澤賢治的作品中屢見不鮮。就連已經出版成書的《春與修羅》也是如此，收錄在這本初版書中的作品也不一定……啊……呃，十分抱歉。」

栞子小姐面紅耳赤地向玉岡聰子道歉。我這才回過神來。我們忘了還有其他人在場，卻像平常一樣自顧自地聊起書來。

「啊，都怪我對舊書的事一無所知……不是店長的錯。」

「沒關係。既然這樣，我就稍微談談這本書吧。雖然我知道的多半來自父親……」

玉岡聰子露出微笑，轉身對著我開始說起：

「隨著賢治的名聲水漲船高，尋求《春與修羅》初版書的愛書人也愈來愈多。家父也是其中之一。父親買下這本書大約是五十年前……當時雖然還是昭和三十幾年，但對於東京都內的舊書店來說，這本書已經是相當罕見的珍本了。」

玉岡聰子口齒清晰地對我說明。這個人應該也是「書蟲」。她既是舊書迷的女兒，又是篠川智惠子的老同學，是書蟲也理所當然。

「那麼，令尊在哪裡買到這本書的呢？」

「在文現里亞古書堂。兩本都是……」

「……兩本？」

看樣子即將進入話題核心了。就在我向前探出上半身時，栞子小姐戳戳我的手肘，將《春與修羅》拿給我看，我看到扉頁上印的書名。

心象描素

春　與　修　羅

大正十一、二年

突然看到「心象描素」，我瞬間四肢無力，但是她要我看的似乎不是錯字。「描素」底下印著紅色的藏書印。四方形外框裡畫著繡球花——我好像在哪裡看過。

「啊……」

我忍不住喊出聲。我的外婆五浦絹子留下的岩波書店《漱石全集》，除了《第八卷　從此以後》之外的其他書中，都印著同樣的繡球花藏書印。外婆從某人那裡獲贈《從此以後》之後，便在文現里亞古書堂買齊全集中的其他幾本。

「打斷您說話真抱歉……這個藏書印是令尊使用的東西嗎？」

栞子小姐問玉岡聰子。

「是的。我家的藏書全都蓋了這個藏書印。因為家父喜歡繡球花……家裡種植繡球花也是父親的希望。」

她剛才說過他們家也賣過不少書。也就是說，那套《漱石全集》原本屬於這個家，被賣到文現里亞古書堂後，我的外婆買下了它。

全然陌生的人們因為舊書而連結在一塊，感覺真是不可思議。

「您說令尊擁有兩本《春與修羅》，是嗎？」

栞子小姐說話的同時，靜靜闔上書。

「既然您拿出這本給我們欣賞，想必『被偷走的』應該是另一本《春與修羅》吧？」

玉岡聰子的眼神顯得有些失焦，低頭看向交握在大腿上的雙手。瘦骨嶙峋的手指上一只戒指也沒有。

「妳果然跟妳母親很像呢。」

她喃喃道。

「家父的確原本擁有兩本《春與修羅》。第二本大約在三十年前從文現里亞古書堂購得……是從智惠子手中買下的。」

「從家母手中嗎？」

「智惠子從國中就經常到我們家裡玩，與家父感情很好。家父很喜歡智惠子，經常送她書。

因為他最喜歡與愛書的年輕人交談。

智惠子進入文現里亞古書堂工作，也是因為家父覺得那家店很有趣而推薦給她。她開始在那裡工作時，正好是研究所休學之後……」

「家母念過研究所嗎？」

栞子小姐驚訝睜大眼睛說。看樣子連女兒也不曉得這回事。

「是的，她專攻歷史學，也曾說過之後打算研究近代歐洲的出版通路。她對於許多事物都抱持好奇心，不過最感興趣的大概就是那幾個領域的東西。」

我也不懂那到底是什麼樣的研究，只知道大概與書有關。看來那個人不只是單純地喜歡書，甚至曾經想要成為學者。

「可是，上了研究所後僅僅幾個月，她就因為家裡的關係而休學工作。智惠子生性不喜歡談自己的事，所以我也沒有詳細追問……妳知道這件事嗎？」

「我對母親從前的事情不是很清楚……也不確定家父是否知情。」

「這樣啊。篠川先生或許知道許多。」

玉岡聰子微微點頭。看樣子她似乎也認識前任店主。這個人以前也和她的父親一樣，經常光顧文現里亞古書堂吧？

「您說《春與修羅》是家母賣給令尊的……？」

「開始工作的半年左右，智惠子打電話給家父，問他有沒有興趣購買《春與修羅》的初版書，那是她前往某戶人家家裡到府收購時，花了好幾十萬圓買下的……嗯，也就是直接向家父兜售。因為她知道家父收集賢治的初版書。」

「……才半年，已經能夠擔任採購業務了嗎？」

我忍不住插嘴。我工作到現在也已經半年了，卻連單獨前往到府收購都還辦不到，更不用想像外出採購罕見舊書。

「她應該是擅自行動……家母在這方面特別桀驁不馴。」

栞子小姐小聲對我說，玉岡聰子輕聲一笑。

「妳的爺爺，也就是文現里亞古書堂的前前任店主，也曾經狠狠訓斥過她擅自買賣的行為。可是因為她總能夠把買進的書順利賣掉賺錢，所以後來也就放任她自由行動了。」

亦即她的實力獲得認同。其背後也包括了像《最後的世界大戰》一樣亂來的交易。

「可是，令尊當時已經有一本書況良好的《春與修羅》了吧？為什麼還會向家母買下第二本呢……第二本書的狀態更好嗎？」

「不，甚至可以說書況很糟。封面也髒兮兮的，內文還有加註。」

「那麼，為什麼……」

「雖然不清楚真正的原因，不過我想家父也許是希望有一本當作備用……也或許是為了替努力工作的智惠子打氣。」

玉岡聰子一邊回想一邊慢慢說道。

「但是我和父親都比較喜歡書況差的《春與修羅》呢。感覺那本書像是經過了許多愛書人的手……那本書對我們來說很重要，與舊書本身的價值無關。」

我能夠認同這句話。就像栞子小姐過去也說過，舊書本身也有自己的故事，不能全靠書的價值來衡量。

「我想了解書被偷的細節……在這之前，有一件事情想先請教。」

栞子小姐說完，豎起食指。

「您報警了嗎？」

「……沒有。」

原本沉穩的玉岡聰子，臉上第一次因為苦悶而扭曲。

「為什麼呢？」

「我相信妳應該已經察覺到了吧？」

她眼睛看向下方說：

「偷書賊是我的家人，也許是有血緣關係的哥哥或嫂嫂……兩位的其中一位，所以我不想訴諸公權力。」

4

「……家父沒有留下遺囑交待如何處理遺產，但是這件事情似乎很早之前就已經有個默契。我們的母親早亡，繼承人只剩下我和哥哥兩人。

家父經營的運動用品店連同公司大樓的權利，全部歸屬哥哥，我則是繼承這間房子……藏書該如何處理，家父也已經告訴過我。他希望將半數藏書捐給母校大學新落成的圖書館，另一半賣給文現里亞古書堂。

……是的，所以妳父親因此來訪。大約是兩年前左右了，也就是家父剛過世時……篠川先生看起來略顯疲勞，我一邊聊著舊事一邊幫點忙，不過現在想想，當時的他身體或許……我或許太勉強他了。

……啊，沒事，對不起，反而讓妳來安慰我。

我繼續說下去。待家父的母校圖書館完成後，他大部分的藏書，包括這本《春與修羅》都將要離開這個家，到圖書館去。

但是只有一本書，父親給了我……那就是向智惠子買來的《春與修羅》。因為那是家父的藏書中，我最喜歡的一本。

哥哥一郎大我三歲，與家父……不，應該說就連和我也處不來。他幫忙父業，年輕時就離開這個家，現在與妻子、兒子三個人住在高野。

我雖然沒有離開這個家，但也很少與哥哥一家人往來。家父不良於行之後，哥哥他們也鮮少前來探望。頂多是姪子偶爾會過來討個零用錢而已。家父的喪事告一段落後，我們彼此也幾乎不再電話聯絡。

但是，大約一個月前，哥哥突然造訪我家。他表示沒有特別的目的，只是很久沒見面，所以過來看看。

我們兩人喝著茶閒聊了一會兒，直到我說到半數藏書已經賣掉這件事情，哥哥臉色突然一變……他認為父親擁有的藏書也是財產的一部分，因此賣給文現里亞古書堂得到的書錢，應該分給他一半。

我原本認定舊書理所當然就是由我繼承，所以沒把賣書的事情告訴哥哥。這樣說，等於把自家的醜事攤開了。不過，老實說，哥哥店裡最近經營不順利，資金上似乎有點問題。我曾想過他那天來找我，也許是為了要借錢。

但是，我認為哥哥的確有權獲得一半的賣書錢，所以最後還是把賣書一半的金額匯到哥哥的戶頭裡。

當時，我曾告訴他還有一半的藏書沒有賣掉，準備捐贈給大學圖書館……就在匯款後過了幾天，這次換嫂嫂打電話給我。她說：

『我聽妳哥哥說家裡還有書沒賣掉。不如把那些書也賣給舊書店，我們兩家平分書錢吧。』

我當然拒絕了她的要求，結果哥哥嫂嫂開始每天打電話來……到後來我覺得很厭煩，甚至幾乎不接電話了。

上個星期天，一大早我在整理庭院的置物架時，哥哥的車子突然停在家門前。他和嫂嫂一起下車，對我說：『我們想直接過來和妳談處理藏書的事情。』

他們一定是算準了我會在家的時間才過來。早些日子嬸嬸來找我時，我曾經提過星期天會待在家裡整理置物架……我想他們是從嬸嬸那裡聽說我會在家。

沒辦法，我只好領著哥哥和嫂嫂進來這間客廳，談了將近一個小時，過程當然稱不上愉快。

我一再重申捐贈藏書是父親的遺志，也已經通知校方了，哥哥嫂嫂卻不斷主張由他們出面去交涉，表明拒絕捐贈給校方……最後甚至說：

『我們已經聯絡神田神保町的舊書店，只要妳答應，他們這個星期內就會過來收購。』

於是我也生氣了，宣示絕對要按照父親的遺願進行，並且請他們從今以後不准再來我家，便把哥哥嫂嫂趕了出去。

可是，送走他們兩人後，我在門邊思考，試圖冷靜下來——也許應該斟酌一下說話方式、也許有其他辦法能夠讓哥哥他們接受……邊思考邊走進家裡，走到了家父的書房。

一進入書房，我立刻察覺到異狀。

似乎有除了我之外的人進來過。我打開書櫃上每一道門確認過後，發現家父送給我、不打算捐贈的那本《春與修羅》不見了……

當天早上打掃那間房間時，我記得《春與修羅》確實還在。一定是哥哥或嫂嫂其中一人拿走了。他們兩人談話時同樣都曾經中途離席，應該都有機會，而且書櫃沒有上鎖。

我立刻打電話給哥哥，要求他還書，但是他反過來憤怒地表示不曉得這回事。嫂嫂也極力主張不知情……

我並不在乎錢，如果哥哥他們有經濟困難，希望我伸出援手的話，我也願意盡可能幫忙。只要他們願意把那本書還給我。我希望你們能夠幫忙找出犯人，說服對方還書。當然我也會盡我的能力支付兩位應有的謝禮。

希望你們能夠幫我這個忙。拜託了。」

玉岡聰子很快地說完後，深深低下頭。動也不動專心傾聽的栞子小姐緩緩開口：

「一切如同我剛才說過，我不清楚自己能夠幫到什麼地步。」

她以更甚於平常的熱切、強力口吻說：

「但是，為了達成令尊的遺願，我願意幫忙。請多指教。」

我感覺自己看到了栞子小姐的另外一面。這回不再是順水推舟，而是她憑藉自己的意願，接下案子。雖說她的確怕生，但是似乎並不討厭與人接觸。

瀧野雖然說過她過去不曾答應這類委託，但那也許只是碰巧沒有機會，與我加入書店工作並不相干。

唉，不過如果真是這樣的話，我又會覺得幾分失落。

「為此，我想要請教幾個問題，可以嗎？」

「好，當然，儘管問吧。」

玉岡聰子語氣肯定地說。

「首先，明明還有這本漂亮的版本，妳認為偷走《春與修羅》的人為什麼會選擇書況較差的那一本？」

「我想哥哥嫂嫂應該不曉得這本書有兩本……家父購買第二本時，哥哥已經離開這個家了。我自己的《春與修羅》雖然也擺在父親的書房裡，不過是和準備捐贈的藏書分開放。因此他們或許沒注意到同樣的書有兩本。」

她說得沒錯。如果擺在同一個房間裡的不同地方，確實很難發現。再說，如果犯人一開始就以為這書只有一本的話，大概也不會想到要去找第二本。

「我明白了。謝謝。」

栞子小姐點頭後繼續發問：

「您嫂嫂是什麼樣的人？比方說幾歲？從事什麼工作？」

「……她叫小百合，今年四十一或四十二歲吧……年紀和我哥差不多，原本是哥哥的下屬，後來除了工作之外，他們私底下也開始交往……因為懷了我姪子才結婚。現在也擔任哥哥工作上的左右手。」

原來如此。我心想。假如「店裡經營不順利」是真的，夫妻兩人會同樣陷入經濟窘境。這也難怪他們一碰到與錢有關的話題就會積極參與。

「他們兩位經常看書嗎？」

「這個嘛……哥哥過去偶爾會閱讀父親的藏書，不過應該算不上對書熟悉。小百合嫂嫂大概沒有閱讀的習慣。因為她第一次到家裡來打招呼時，曾經因為連一首石川啄木的詩都不知道而讓父親苦笑。」

我一點也不覺得好笑，因為我也不知道。

「您說她在談話途中曾經離席，是什麼原因呢？」

「我領著哥哥他們進來這裡，大約是十一點左右吧。」

她仰望壁掛式鐘擺時鐘，一邊回憶著。

「過了約十五分鐘，小百合嫂嫂說想要打電話回家，卻忘了帶手機，希望借用我家電話……說完，就拿著包包到走廊上去了。」

「就是擺在玄關的黑色電話吧？」

栞子小姐說。看樣子她早已偷偷記下這間房子裡所有東西的位置。

「妳有聽到小百合女士的說話聲嗎？」

「沒有……當時我仍繼續和哥哥爭執著，所以沒時間聽。五分鐘之後，小百合嫂嫂回來，接著沒多久就換哥哥去上廁所。他離席大約一分鐘，頂多兩分鐘而已……後來直到他們兩人回家之前，都是和我在一起。」

我覺得哥哥很可疑。剛才我也借過廁所，那間廁所就位在這棟房子的後側，正好在書房旁邊。他可以假裝要上廁所，跑進書房裡拿出那本書。妻子雖然也有機會，不過她不懂書，應該很難從大量藏書中找到目標。

「他們回家時，您是否有送他們到門外？」

「與其說是送他們出門，不如說我們是不斷吵出門外……所有人都一把年紀了，還這麼血氣方剛……」

玉岡聰子結結巴巴地回答。看樣子那場爭執應該相當嚴重。

「也就是說，您無法掌握他們兩人行動的時間，只有那短短幾分鐘，是嗎？」

玉岡聰子明快地點頭回應。

「是的，沒錯。」

栞子小姐將拳頭擺在唇邊，看著桌子。她正在腦子裡整理整個狀況吧？又或許已經掌握住什麼線索了也說不定。

「……您哥哥他們當天是什麼打扮？」

「咦？打扮？」

「是的，他們穿什麼衣服前來拜訪？」

聽到這裡，我也困惑了。這個問題一定有什麼意義吧。玉岡聰子似乎記憶已經有些模糊，因此花了不少時間才回答這個問題。

「哥哥穿著鮮紅色V領薄毛衣和綠色長褲……沒有穿外套。小百合嫂嫂穿的是藍色洋裝，外面是紫色的格子外套……我記得應該是這樣。」

這對夫妻的風格真鮮豔。與眼前的玉岡聰子相差甚大。

「他們兩人手上有拿東西嗎？」

「這個嘛……哥哥是空著手，不過小百合嫂嫂帶著一個名牌手提包，去打電話時也拿著。」

「這樣啊……」

栞子小姐保持同樣姿勢開口：

「除了家人之外，還有其他人知道這間房子裡收藏著舊書嗎？」

「……頂多是父親的老朋友了。我想親戚之中沒有其他人知道這件事。因為父親只與愛書的人談書。」

栞子小姐總算抬起頭來。看樣子問題問完了。

「……有什麼線索了嗎？」

玉岡聰子說完，等待著答案。栞子小姐只是靜靜搖頭。

「目前還沒有辦法確認……我想還需要和您的哥哥、嫂嫂談談。方便告訴我他們的聯絡方式嗎？」

「當然，請等我一下。」

玉岡聰子拿出紙筆寫下電話號碼之類的數字。她的字跡像小朋友寫的一樣難懂。仔細一看會發現筆尖正微幅顫抖——這個人一直處於情緒激動的狀態嗎？原來那本書這麼重要啊。

「提出這麼為難的委託，真的十分抱歉……但是我再也找不到其他人能夠幫我這個忙了。」

遞出紙條的她，眼裡隱約閃著淚光。

「我也會請哥哥他們同意與你們會面。萬事拜託了。」

5

隔天休假日，我和栞子小姐開車前往橫須賀。

玉岡聰子的哥哥一郎經營的運動用品店總店，就位在橫須賀主要幹道外圍、溝板路附近的劇場對面。招牌上主要以英文標示，這在擁有美軍基地的這座城市來說，並不罕見。

五層樓高的大樓裡包括了店面和公司辦公室。從開著沒關的自動門看向店內，店裡似乎沒有半個客人。

「……就是……這裡吧？」

栞子小姐向我確認。

「應該是。」

我說。妻子前往分店，目前不在店裡，所以我們決定先和丈夫談談。雖然沒有直接與當事人在電話裡談過，不過沒想到他們居然很乾脆地願意見面。

一名高個子店員在店前整理衣架上的運動服，突然轉頭看向我們。這位曬得一身黑的肌肉男不曉得為什麼在這種冷天裡仍穿著橘色短袖ＰＯＬＯ衫。全部往後梳的頭髮雖然漆黑，額頭和眼角上卻深深刻著皺紋。

「啊啊，你們好！你們是文現里亞古書堂的人吧？」

大聲打完招呼後，對方靠近栞子小姐。我看見她稍微往後退。這個人可能不好應付。

「聽子已經把整件事告訴我了。我是玉岡一郎。我們來談談吧。」

玉岡一郎啪地一拍，雙手交握在一起。

「那天我們十點五十分左右離開高野的家，要開車去那一帶就必須繞點路。抵達老家的時間是十一點左右。我們和原本在庭院裡的妹妹一起進屋裡談事情，談得不是很愉快，午餐也沒吃，十二點左右就離開了。我和老婆去買了些東西，回家時已經十二點半。」

才剛坐下，我們還沒開口，玉岡一郎已經洋洋灑灑地把當天的情形交待了一遍。我們人在運動用品店附近的家庭餐廳。也許是距離午餐時間還太早，店裡沒有多少客人。玉岡的大嗓門聽起來格外吵雜。

「但是，我認為我家還有另一本《春與修羅》初版書，完全是我妹的妄想。老爸真的有砸大錢買下那本書嗎？」

「當時負責的人員已經不在了，所以恐怕……」

栞子小姐的話還沒說完，玉岡露齒微笑。他的齒列雖然整齊，後頭卻有一顆銀牙。

「當時負責的人是指智惠子吧？也就是妳的母親。她有時會來家裡玩，所以我也認識她。人長得很漂亮……妳跟她長得很像，都是美人。」

他厚顏無恥地說。我對玉岡兄妹的不相像感到驚訝。他們的個性相差這麼多，會吵架也是理所當然。

「好了，你們要找我談什麼？儘管問吧。」

玉岡在餐桌上交握雙手，上半身向前。真是個形跡可疑的傢伙。明知道自己是偷書的嫌疑犯，為什麼還能夠擺出如此友善的態度呢？

栞子小姐雙手擺在膝蓋上，低頭看著玉岡遞出的名片，終於開口說：

「您的名字，該不會是出自賢治的作品吧？」

什麼意思？我不解偏著頭。玉岡一郎則重重點頭。

「沒錯沒錯，就是《要求特別多的餐廳》、《風之又三郎》等賢治的童話故事裡經常出現的小孩名字。朋友偶爾會嘲笑我的名字很沒創意。我也不曉得老爸為什麼替我取這個名字。」

現場也有一個同病相憐的傢伙。我的名字「大輔」也是來自夏目漱石的《從此以後》，差別在於我的名字取的是同音字。

「玉岡先生，您也常看書嗎？」

栞子小姐問。

「不是我自吹自擂，我還滿喜歡看書的。尤其是以前還住在家裡時。」

玉岡很快地回答。聽起來就是自吹自擂。

「老爸雖然沒有注意到，不過我喜歡從書房拿出初版書貪婪地閱讀。尤其是賢治的《春與修羅》與《要求特別多的餐廳》。因為我已經太習慣初版書，現在看到新版實在讀不下去。果然還是那本初版書最完美……啊，我可不會因為這樣就偷書。如果犯人是我的話，我會連《要求特別多的餐廳》一起拿走，那本應該也很珍貴。」

玉岡一郎對於舊書似乎也有某些程度的知識。感覺上這樣反而是自掘墳墓。

「今天只是想請教您一些事情當作參考。我不認為拿走那本書的人是玉岡先生您。我知道您沒有那麼做。」

聽到栞子小姐的話，我愣了一下。我還以為這個男人的嫌疑最大。如果不是他偷的，那麼犯人只剩下一個人了。

「對吧，妳看，懂的人還是懂。」

玉岡莫名開心地說，接著故意環顧了四周後壓低聲音說：

「這麼說來，偷書的人是我老婆囉？嗯，的確有可能……啊，不對，我只是假設，假如真是她偷的，也絕對不是蓄意這麼做的。畢竟因為大環境不景氣，我們店裡的狀況也不是太樂觀。」

這回他開始把自己的妻子當犯人了。我怎樣也無法對這個男人有好感。也不曉得該說他是沒神經還是神經太粗——這傢伙真的不是犯人嗎？

「我也沒說書是您妻子拿走的。」

琹子小姐冷冷地說。眼鏡底下的眉頭稍微皺了起來。

「我只是在考慮各種可能性……再說即使沒有直接親自動手，也有可能引導犯罪。」

連玉岡一郎也變得幾分尷尬沒趣。原來如此。我心想。也有可能是他指示妻子去偷的。

「唉，遭到懷疑我也只好認了。」

玉岡靠著椅背，雙手在後腦勺上交握。

「……聰子應該說了不少我的壞話吧？和哥哥感情不好、沒來探望老爸等等，這些她都跟你們說過了吧？」

我們沒有表示意見。除了玉岡聰子的說法比較優雅一點之外，大致上就是如此。

「我也一直覺得對聰子很抱歉，照顧老爸的事情全都推給她一個人，直到最後，我幾乎什麼也沒做。害她到了這個年紀還沒結婚……嗯，雖說一方面也是她那個人的個性使然，不過我們的確應該出手幫忙，這點我也反省過了……」

玉岡的聲音變得很冷靜。我想他說的或許是真心話，雖然說他前陣子才去找妹妹要錢。

「也不是像賢治一樣去撿雪回來就好，事到如今無論我給我妹任何東西，也不會變成兜卒天的食物。」

玉岡說完，瞥了琹子小姐一眼。兜卒天的食物——這句話似乎在哪裡聽過。

「《春與修羅》中〈永別之朝〉一節的內容吧。」

栞子小姐說。這麼一說，沒錯。就是那首以「我的妹妹啊，妳在今天死去」開頭，描述妹妹之死的著名詩句。

玉岡突然眉開眼笑。

「沒錯，就是那首。妳果然和智惠子很像。我只要這樣子說話，智惠子也會立刻指出我是引用自哪裡。」

他看向遠方。

「人又漂亮又聰明，心地又善良，簡直就像一位文學少女。雖然聰子也喜歡書，但是和智惠子完全不同……我以前常常在想，真希望她是我妹妹。對了，她最近好嗎？我沒有從我妹那裡聽到她的消息。」

栞子小姐的眉間又皺得更深。這個男人完全不曉得篠川智惠子是什麼樣的人，也不知道篠川家裡發生過什麼事。

「那個人是怎樣？」

與玉岡一郎道別，回到廂型車上後，我說。我不想讓情況變得複雜，所以一直忍著沒開口。今天的事還沒有忙完，等一下要前往另一個地點與玉岡一郎的妻子碰面。我發動車子出發。

「把自己的妹妹說得那麼難聽……那傢伙真的不是犯人嗎？他真的很可疑耶。」

「……目前還不曉得這件案子他涉入多深，不過……」

栞子小姐回答。看樣子她也不太愉快，眉間的皺紋尚未消失。

「以物理上來說，那位先生不可能直接從書房裡偷走書。」

「……不可能？」

我們穿過橫須賀的鬧區，經過懸崖般的急陡坡後開進縣道。這個市鎮有許多山丘，地形的高低差比鎌倉更嚴重。

「請回想昨天玉岡聰子女士所說的話，她說哥哥是空手拜訪，對吧？假設他假裝去廁所趁機偷走《春與修羅》，也沒有地方能夠藏書。他身上穿的是單薄的毛衣，很難藏在衣服底下。」

「啊……」

這麼說來也是。他不可能一手拿著偷出來的舊書回到客廳吧。

「會不會是先拿去車上放，再回到客廳呢？或者事先藏在哪裡，等離開時再去拿？」

「他離席的時間『頂多兩分鐘』，想要掩人耳目走出門外到車上去，再回到房子裡，以時間來說不可能辦到。再加上聰子女士當時目送兄嫂上車，根本沒有機會離開時再去拿。」

「既然這樣……有了，他妻子帶著一個手提包，對吧？應該是那傢伙偷了藏在某處，再由妻子拿回……啊，這也不可能。」

我話還沒說完就注意到了，先離席的人是妻子。至少動手偷書的人可以確定不是玉岡一郎。

「但還是有可能是那傢伙告訴妻子舊書的事情，唆使她偷竊吧？如果沒有熟悉舊書的人協助，很難在短時間內找出那本書並且帶走吧？」

「話是這麼說沒錯……但是，我不認為玉岡一郎先生了解舊書。感覺上他只是把從家人那裡聽來的知識排列組合而已。至少他說貪婪地閱讀《春與修羅》這句話是撒謊。」

「妳怎麼知道？」

他剛才還引用了〈永別之朝〉中的一句話呢。

「現在已經有許多出版社出版《春與修羅》，而〈永別之朝〉的最後多半是這樣——

我此刻打從心底祈禱
希望妳將要吃的這一碗白雪
能夠變成兜卒天的食物
最後成為妳與眾人的
神聖食糧
為此，我每日祈禱著

你應該知道這一段吧？就是玉岡一郎先生剛才引用的段落。」

「……嗯。」

我握著方向盤點頭。印象中在教科書裡讀到的也是同樣內容。

「補充一點，『兜卒天』是佛教用語，意思是天界的其中一層，分為從慾望裡解放的天上諸神所居住的外院，以及彌勒佛居住的內院。」

聽了她的說明，我還是不了解。意思是指「心靈澄淨的人前往的西方極樂世界」嗎？

「可是，關根書店版本的《春與修羅》中沒有出現『兜卒天』一詞。書中的〈永別之朝〉內容是這樣：

我此刻打從心底祈禱
希望妳將要吃的這一碗白雪
能夠變成天上的冰淇淋
並成為妳與眾人的神聖食糧
為此，我每日祈禱著

……不一樣，對吧？」

的確不同。初版用語較柔和，我所知道的版本節奏比較雄壯。我無法判斷哪個版本比較好。

「為什麼不一樣呢？」

「宮澤賢治在《春與修羅》出版後，仍持續修改、斟酌自己的作品。〈永別之朝〉與初版時的版本不同，也是賢治去世後發現還有修改版的緣故。」

我愈來愈感到好奇了。我還是第一次聽說這種情況。

「也就是說，他還有其他作品也修改過了？」

「當然。」

副駕駛座上的栞子小姐點點頭。

「他曾經修改過所有作品……而且光是《春與修羅》就留下了好幾種版本。有些版本只是傳說中存在，有些則甚至尚未被人發現。」

也就是有很多「升級版」的意思吧。這麼說來，我也聽過《銀河鐵道之夜》曾經歷多次修改。《春與修羅》大概也是相同狀況。

「他為什麼要頻頻修改呢？不是已經出版了嗎？」

「《春與修羅》對賢治來說，只是〈心象素描〉的合集。收錄在這本書中的作品不只有詩，還有許多概略描寫每個時期心情的文字。作者本人絕不會稱這本書是《詩集》。他修稿的方式就像替草稿畫上確定的線條……」

「嗯？可是那本書上的書背還是哪裡不是大刺刺地印著『詩集』兩個字嗎？」

「那個與作者本身的意願無關，完全是出版社自己的想法。那本《春與修羅》是當時在鄉下發行的書，不過裝幀等仍然相當考究。儘管如此卻與賢治的理想相去甚遠……書中有很多印錯的地方。」

「……的確。」

最經典的就是扉頁上第一行的「心象描素」。作者本人看到也會昏倒吧。

「那麼，剛才那傢伙所說的……」

「只讀過初版書」這句話不僅僅是謊言。連作者本人對那本書都不滿意了，他居然說書寫得「很完美」。顯然他只是隨口說說罷了。

（意思也就是……）

玉岡既缺乏舊書相關知識，也沒有偷書機會，或許與這次的案件無關。

「意思是玉岡太太一個人偷走的嗎？可是……」

玉岡小百合對舊書的了解應該在丈夫之下。難道這只是她的偽裝？

「……還不能下定論，我認為還有其他可能。」

我不曉得還有什麼可能性，但是栞子小姐也沒再繼續說明。一切等到與玉岡小百合談過之後再討論吧。

我們搭乘的廂型車穿過隧道進入逗子市。時間正值正午——這一天似乎會很漫長。

6

碰面地點是玉岡小百合指定，位在葉山碼頭附近的典雅小型咖啡餐廳。

我們提早到達，所以順便在那裡用餐。

或許是剛進入三月的平日，午餐時間的客人並不多。服務生帶領我們到能夠一眼望盡海景的窗邊座位。

眼前這景象怎麼看都像是兩個人在約會。我很在意栞子小姐的想法，但是她的樣子看起來似乎沒有任何想法。

「趁現在這個好機會，我們來聊聊宮澤賢治的書吧。」

說完，她開始聊起舊書。我知道她想要轉移話題，令人頭痛的是，她說的內容真的很有趣。

吃完午間套餐，喝著咖啡時，話題已經進行到早期宮澤賢治全集發行時，舊書店占有吃重的角色，如果沒有舊書店人們的努力，恐怕當時沒有出版的機會，我一邊點頭一邊聆聽，這時餐桌旁站了一位身穿紫色格子長大衣的中年女性。

她的身材修長、長相端正，卻駝背且骨瘦如柴。也許是短髮的關係，更突顯臉上的骨骼。整體給人很疲倦的印象。

「我是玉岡小百合。」

對方以平板的音調報上名字。在空位坐下後，沒給我們機會自我介紹，便點了杯卡布奇諾。

「平常從逗子的分店回家時，我都會來這裡休息一下。」

她的意思大概是我們能夠談話的機會只有這段時間吧。栞子小姐連忙自我介紹，也告訴她我的名字。

「我聽說聽子的書不見了？不過我不知道是哪本書。」

「啊，是的……是宮澤賢治的《春與修羅》初版書。」

栞子小姐稍微提高了聲音。平常和這類冷淡的人談話時，她總是很緊張。如果多聊些書的話題，她似乎就會啟動開關。

玉岡小百合的眉毛一動也不動，那態度彷彿是第一次聽說這本書。

「然後，我們受到玉岡女士的委託……想要請教各位上個星期天發生的事情。」

「……請教啊。」

她說得很諷刺。她對我們沒有好臉色也是理所當然。

「聽說您當時借了電話，請問是打給誰呢？」

「打回家。」

想不到她很坦白，老老實實地回答。

「兒子就快要考高中了，但是只要稍微沒盯著他，他就會偷跑出去……所以我找到機會就打電話回家，看看他有沒有在家唸書。平常我都是以這種方式確認。」

這種做法該怎麼說呢——我心想。或許她是注重孩子的教育，但兒子已經是國中生，一定很討厭這種束縛方式吧。

「令郎……當時在家嗎？」

「在啊，我們在電話裡講了大約五分鐘……掛掉電話後，我以瓶裝茶服完藥，馬上就回到客廳裡。因為那天我覺得好像快感冒了。」

拿著包包離開客廳，原來是因為這個原因。

根據玉岡聰子的說法，她離開客廳大約五分鐘。既然講電話就講了「將近五分鐘」，講完電話後，應該來不及前往走廊盡頭的書房偷書。

當然，玉岡小百合所說的究竟是不是事實還不清楚，要確認是否真的打了電話，必須問問那位兒子，但是這個人應該不會同意——

「啊，你們可以現在就打電話去我家，找我兒子確認。他已經考完試，現在應該正待在家裡閒晃。」

小百合自己主動提議。

「咦……可以嗎？」

我忍不住插嘴。沒想到她態度雖然不悅，卻願意配合我們。

「你們不是懷疑我嗎？」

此時卡布奇諾咖啡正好送上來。小百合等店員走遠後，才喝下一口。

「我離開了客廳幾分鐘，而且還拿著能夠裝下那本書的手提包。如果我不處理的話，你們只會繼續懷疑我，我可不想被當成小偷。」

玉岡一郎剛才見面時熱情的模樣閃過我的腦袋。就連丈夫也不相信妻子的清白。

「請問……我們方便現在過去府上找令郎直接談談嗎？」

栞子小姐突然開口。

「咦？」

小百合蹙眉。

「有這個必要嗎？」

「……是的。」

短暫沉默一會兒後，栞子小姐果斷回答。我也不懂為什麼有這個必要，不過她應該有她的打算吧。

「唉，隨便你們。只是請你們別告訴我兒子書被偷了，只准確認我是不是有打電話回家。」

「謝謝。」

說完，栞子小姐低頭鞠躬。玉岡小百合一口喝下咖啡，似乎不打算在此休息太久。

「聽說您很少看書？」

栞子小姐繼續說。

「是啊。應該說我討厭看書。我第一次見公公時，不小心就這麼說了，所以公公幾乎不和我說話。不喜歡書的人很難跟他相處。」

或許是回憶起當時的情景，小百合露出苦笑。

「您進去過那棟宅邸的書房嗎？」

「沒有。」

她不屑地回答。

「看到每一面牆上都是排列整齊的書背，只會讓我毛骨悚然。所以我也不喜歡書店和圖書館。」

「這樣啊……」

栞子小姐微微偏著脖子，似乎在認真思考。我想她大概無法想像「討厭書」是什麼情況。

「對了，那本《春與修羅》這麼有價值嗎？」

「……書況好的話，以目前的行情大概在百萬圓左右吧。」

「咦！這麼高？好驚人啊。」

小百合眼睛閃閃發亮，將杯子放下。

「那棟房子裡的書，果然都相當有價值。何必堅持要捐贈呢，賣掉不是很好嗎？」

儘管她對舊書沒有興趣，對金額倒是興味盎然。

「對於聰子女士來說，似乎不是錢的問題。她也說過，如果犯人願意歸還那本書，她願意付出對等的金額。」

坐在栞子小姐旁邊那位女士的臉上表情瞬間消失，她挺直著背脊，好一段時間動也不動，最後終於靠在椅子上，發出一聲嘎吱聲。

「她是說真的嗎？」

「……是的。」

「看樣子那女人的經濟狀況真的很不錯。」

她毫無生氣的乾澀嘴唇裡呼地嘆出一口氣。

「能夠毫不在意地說出那種話，不愧是富裕人家的大小姐。我老公也有類似的地方……就是有那麼一點孩子氣。」

她彷彿自言自語似地說完，輪流看看一臉不解的我們。

「那個家的財產繼承真的非常隨性。我老公主要得到那些店面，而聰子則繼承北鎌倉的房子，但是店面部分還留下不少債務……唉，短時間內雖然不至於倒閉，不過也不輕鬆。我們在苟延殘喘、為錢奔波之際，聽到她要把那些值錢的書捐出去……直接賣掉分錢不是比較好嗎？誰也沒有損失。」

原來是這樣啊。這個人大概也有她自己的苦處。我可以理解她一心希望賣書換錢的心情。

「話先說在前頭，儘管如此，我可沒有偷書喔。如果是我偷的，我現在就會歸還……能夠拿到現金當然更好。」

她低頭看看手錶後，站起身穿上外套。應該是休息時間結束了。

「我差不多該走了。妳知道我們家的地址嗎？」

「啊，是的。聰子女士告訴過我們……方便再請教一個問題嗎？」

栞子小姐豎起食指。

「上個星期天，您和玉岡先生是什麼時候決定前往聰子女士家拜訪的？」

正把手臂穿過外套袖子的玉岡小百合停下動作。她瞇起眼睛，凝視著窗外搜尋記憶。此時海面上一艘船揚起波濤回到岸邊。

「我記得應該是那天早餐時。我們談到想找聰子談賣書的事，不曉得什麼時間能夠去拜訪她……老公說，她那天早上會整理置物櫃，人一定在家。於是我們決定立刻去她家找她……只有這個問題？」

「是的……謝謝您。」

栞子小姐彬彬有禮地說。

「大輔先生，關於玉岡小百合女士的話，你有什麼想法？」

離開咖啡廳，上了車後，栞子小姐說。廂型車開過跨越河口的橋，沿著濱海公路前進。風不斷地由海上吹來。

「該怎麼說呢……我不覺得她在撒謊。」

可以肯定她確實為了錢相當辛苦，不過依她這個人的個性看來，她應該會直接要錢，實在不像會做出偷書的行為。

「妳怎麼看？」

「這個嘛……至少她沒有進去過書房這一點，可以確定是真的。」

「為什麼？」

「那棟宅邸的書房裝潢，稱不上『每一面牆上都是排列整齊的書背』。」

「……啊。」

大概是為了避免日曬和灰塵，那間書房裡的書架全都裝著霧玻璃門，因此無法清楚看到書背。會那樣說的人果然沒有進去過那間書房——雖然不能排除她也許是故意要讓人這樣以為才這麼說。

「對了，為什麼要去見他們的兒子呢？」

我問。只要打一通電話詢問狀況即可，應該沒有必要直接碰面談話吧？

「……我希望能夠在小百合女士無法監視的情況下，與她的兒子好好談談……再說，我也希望能夠直接看看電話。」

「看電話？」

「只要不是太老舊的款式，電話上應該有來電紀錄，不但會顯示來電號碼，也會記錄下對方的電話號碼。」

「啊，對喔。」

這樣就能夠確認玉岡小百合是否真的在那個時間從小姑家裡打電話回家，也能夠當作證據。

「不過我想她應該確實打了電話。」

栞子小姐望著無人的沙灘小聲說。我在腦中整理整個情況。如果剛才的對話沒有虛假，那五分鐘玉岡小百合真的都在講電話的話，她就沒有偷走《春與修羅》。

（可是，太奇怪了吧？）

書也不是她丈夫偷走的——這麼一來不就沒有犯人了？

「妳認為犯人到底是誰呢？」

栞子小姐沒有明說。根據今天一整天聽到的內容來看，感覺上她不是在胡亂驗證所有可能性，而是心裡早已有定見。

「……我還沒有做出結論。」

沉默了一會兒後，栞子小姐回答：

「不過我想今天就能夠找回《春與修羅》了。」

7

玉岡一郎家所在的高野是北鎌倉山腰上的住宅區。雖是幾十年前就已經建造完成的住宅區，卻因為通往山腰的車道有限制，因此從北鎌倉車站過去意外費時。玉岡一郎說開車到妹妹家要十分鐘，並不誇張。

來到蓋在較高處的雄偉獨門獨院住宅前，我們步下廂型車。我以前念的高中校舍就位在短坡下不遠處。遠處隱約可以看見箱根的山岳，這個位置視野絕佳。

玉岡家的門牌上列著三個人的名字——「一郎」、「小百合」的後面是「昴」。這個「昴」應該就是他們的兒子了。

我打開門，讓拄著拐杖的栞子小姐通過。柵欄後側停著一台運動自行車，大概是兒子的物品。這也表示他應該在家。

栞子小姐按下玄關的門鈴，嘴巴靠近對講機，等待屋主出聲，此時門卻先打開。

門內出現一位成套黑色運動服打扮的微胖少年。前長後短的two block髮型上方染成較明亮的顏色。黑框眼鏡底下的三白眼面無表情地盯著我們看。

「呃……那個……我們是玉岡聰子女士的朋友……」

「我聽老媽說過了。」

少年打斷栞子小姐的話，拇指指著自己的臉。

「我是玉岡昴……請進。」

他大大地打開玄關大門。雖然不是他本人的問題，不過我總覺得少年與他的名字不搭調。

領著我們來到客廳，玉岡昴在賓客專用的茶杯裡注入日本茶，擺在托盤上連同茶點一起端出來。他坐在餐桌另一側，表情嚴肅，雙手插在口袋裡。我無法判斷這算是有禮貌還是沒禮貌。

他面前不曉得為什麼擺著一瓶養樂多而不是茶杯。可能是點心吧。

「聽說你們要問我關於上個星期天的事情？」

他冷淡地說。體型雖然很像父親，不過看樣子個性像母親。冷靜的模樣讓人很難想像他還是國中生。

「咦？呃……是的……是那樣沒錯……」

栞子小姐結結巴巴。即使對方是國中生，她也同樣會緊張。我輕咳一聲後，接著她的話說下去。今天到目前為止說話的都是她。

「能否請教你上個星期天做了哪些事情呢？只要告訴我們從早晨到中午為止的內容就好。」

「上個星期天……可以啊。」

他稍微點頭。

「前一天為了準備考試，我唸書唸到很晚，後來老媽叫我起來吃早餐。我坐在這裡吃早餐，吃完後，爸媽他們出門去姑姑那裡……」

「當時是幾點呢？」

「老爸他們大概是十一點之前出門……我回到二樓房間做考古題，十一點二十分左右老媽從姑姑家打電話回來。」

他以下巴指指擺在房間角落的邊桌。玻璃製的桌上型時鐘旁邊擺了一台兼作電話使用的液晶顯示傳真機。

「你在這裡接電話的嗎？」

「是啊……現在分機的電池壞掉，無法使用，所以我從二樓跑下來接電話。」

「她說了些什麼，方便告訴我們嗎？」

「嗯……說了什麼啊……」

昴稍微轉向一旁思考。

「只是老媽自己不斷嘮叨而已。叫我要好好唸書、冰箱裡有優格、別喝太多養樂多，就是一些無關緊要的內容……我大概耐著性子聽了五分鐘。」

他輕聲嘆息。就我們聽到的內容來看，大概是因為電話打斷了他唸書吧。

「……後來呢？」

「我說了句『煩死了死老太婆』，就掛掉電話。等他們回到家，我的腦袋就挨了一拳……我只好道歉。」

他的說明始終冷靜。還是道歉了嗎？不管怎樣，他的說法連小細節都與母親的說詞一致。

「請問……能否看看府上的電話呢？」

栞子小姐戰戰兢兢地開口。少年偏著頭不解地瞥看了邊桌一眼。

「可以啊。」

馬上爽快答應。栞子小姐站起身打算繞過餐桌，昴立刻把自己的椅子往前拉，讓出空間來。

「過得去嗎？」

肚子夾在椅子和餐桌之間看起來似乎很難受。我本來以為這名少年很冷淡，沒想到他居然這般細心體貼。

「啊，可以……不好意思。」

栞子小姐來到邊桌前，按下當電話使用的傳真機按鈕。她在確認來電紀錄吧。然後她轉向我重重一點頭。看樣子他們兩人的確在他們所說的時間講過電話。

光從來電紀錄當然無法判斷通話持續了幾分鐘，玉岡小百合也有可能馬上掛了電話前往書房偷書，只是我很難想像這位少年會配合母親的口供，協助犯案。

剛才栞子小姐雖然說過今天之內就能夠找回《春與修羅》，但我反而感覺距離破案似乎愈來愈遙遠了。

她接下來究竟有什麼打算？

「你們兩位都是文現里亞古書堂的人吧？」

昴突然開口。栞子小姐瞥了我一眼，與我視線交會。

「你來過我們店裡嗎？」

我說。

「嗯，雖然沒有買過書，不過去過幾次……我不討厭書。」

「歡迎你今後繼續光臨喔。」

回到位子上的栞子小姐對他溫柔微笑。

「……等我想去的話自然會去。」

他的口氣一樣冷淡，臉頰上卻微微泛紅。我這才首度感覺這位少年很好相處。

「事實上，你姑姑……玉岡聰子女士的書被偷了。」

栞子小姐突然若無其事地說。

「咦……」

我差點噴出剛喝下的日本茶。剛才玉岡小百合才交待我們不准提這件事。她在想什麼？

「哈……原來是這麼回事啊。」

昴不太有興趣地回應。

「是的。被偷的是宮澤賢治生前出版的著作初版書，現在想要買到都很困難……您知道那本書嗎？」

「知道啊，就是《春與修羅》吧？那本相當有名，而且書中有篇與我同名的作品。」

「事實上我剛才就注意到了。書中的確有一篇叫〈昴〉的作品。難道你的名字就是來自那篇作品？」

「不是，因為我老爸是谷村新司的超級歌迷（註1）……不過，如果聽到妳這麼說，我那位好

註1：〈昴〉是日本老牌歌手谷村新司的經典歌曲之一。

色的老爸一定會說這名字是取自賢治。」

少年首次露出微笑。那張笑臉意外和善，但是嘴上說的卻是父親的壞話——我開始在意起栞子小姐的態度。不曉得什麼時候，她的語氣已經不再緊張，表示她已經進入解謎模式了。

「你喜歡《春與修羅》中的哪篇作品？就是〈昴〉嗎？」

「嗯……應該是〈真空溶媒〉吧。那篇雖然很長，但是寫得很棒。」

玉岡昴似乎也開始熱衷於對話，朝著我們探出上半身。栞子小姐開心合起雙手。

「那篇真的很棒呢。我也讀過好幾遍。『太陽還不夠耀眼／白色的日暈也尚未開始燃燒』……」

「『只有地平線逐漸明亮或陰暗／一半溶化或沉澱』……」

少年也跟著流暢背誦出內容，顯然他對於內容相當熟悉。栞子小姐的笑容突然像新月一樣擴大。不曉得怎麼回事，我的背脊感覺到一股寒氣。

「你喜歡的是初版的《春與修羅》，對吧？」

她以清晰的聲音說。

「什麼意思？」

「目前出版的《春與修羅》多半在這段內容都是……『唯有藍銅色的地平線／明亮或陰暗／一半溶化或沉澱』……你在哪裡讀到初版書的呢？」

玉岡昴稍微收斂了笑容。我凝視他的臉──難道犯人是這位少年？

「……不用是初版書也能讀到那段內容。筑摩書房出版的全集……筑摩文庫的版本也有。」

「你說的沒錯……但最大的問題是，為什麼你一開始認為我說的是《春與修羅》呢？」

「什麼？」

「我只是說『宮澤賢治生前出版的著作初版書』，《要求特別多的餐廳》也符合這個條件。既然你經常去爺爺家裡玩的話，我想一定也知道。」

少年的喉嚨很明顯地上下動了一下。這麼說來，玉岡聰子也說過──哥哥他們也鮮少前來探望。頂多是姪子偶爾會過來。

「曉得那棟宅邸裡有大量舊書，也知道聰子女士早晨會待在庭院裡的人，除了玉岡一郎先生與小百合女士之外，只剩下你了。」

栞子小姐說得沒錯。而且與爸媽不同，昴符合所有犯人的條件，再加上他具備宮澤賢治初版書的知識，也有偷書的機會。

「你等著玉岡先生他們一出發，立刻騎著腳踏車先一步到那棟宅邸去，偷偷潛進屋裡拿出《春與修羅》，不讓在庭院裡的聰子女士撞見……我說錯了嗎？」

「……我爸媽是開車去的喔。」

他低下頭轉開視線，試著小聲反駁：

「我騎腳踏車怎麼可能比他們先……」

「當然可以吧，這種小事連我都知道。」

我不耐煩地說。他還不服輸嗎？

「從這裡開車到那棟宅邸要花上十分鐘……但那是因為汽車能夠走的路有限制。從山的這頭有條階梯能夠通往那棟宅邸前面。我念的高中就在那棟宅邸隔壁，往來北鎌倉車站都是走那條路線，所以我很清楚。」

應該說，只要是當地人，沒有人不知道。只要騎著腳踏車到階梯前，跑下階梯，不到五分鐘就能夠抵達那棟宅邸，他有足夠的時間偷走書、離開現場，在母親打電話之前回到家裡。

「聰子女士懷疑小偷是您的父母。」

聽到栞子小姐的話，玉岡昴的單薄眼睛大睜。

「……真的假的？」

他似乎沒有想到會變成這樣。「是的。」栞子小姐點頭說道：

「如果仍舊找不到那本書的話，您的父母親將會一輩子被懷疑是賊。」

玉岡昴緊咬嘴唇。擺在餐桌上的雙手僵硬緊握。

「拿走書的人是我，對不起。」

他以沙啞的聲音說。

「可是我沒有打算偷書……我打算用完就歸還。」

8

我們來到玉岡昴位在二樓的房間。

他的房間採光良好，而且打掃得很乾淨。房裡除了床、書桌之外，還有一個高大的書櫃。

書櫃下層是夏目漱石、森鷗外、島崎藤村等明治、大正時期日本文學作品的文庫本，上層整齊排列著漫畫、輕小說系列作品等。

「……我好歹也有趕上流行。」

我們什麼也沒問，昴自己這樣說完後抬頭挺胸，相當自豪。我不了解他自豪什麼。

書櫃上的精裝書不多，幾乎都是宮澤賢治相關的評論和研究。

栞子小姐沉默凝視著書櫃，最後視線移動到旁邊的牆壁上。

「啊！」

聽到她的尖銳叫聲，我大驚。

「怎麼了？」

「請問，這幅畫……」

牆壁上裝飾著裱框的畫作。那是一幅上了些許色彩的鉛筆素描，以乾淨的筆觸描繪出插在玻璃花瓶裡的繡球花。

好像在哪裡看過——我記得應該是不久之前的事。

「那是我爺爺畫的。」

昴說。

「老實說畫得不是很好，不過這是留給我的遺物。爺爺每次畫畫好像一定會畫上繡球花。」

聽到這裡我才想起來。

之前曾經在文現里亞古書堂的主屋裡看到描繪栞子小姐母親的畫。眼前這幅畫的繡球花花瓣及葉子形狀都與那幅畫一模一樣。進入玉岡家書房時，總覺得那些桌椅似曾相識，原來是因為曾經出現在那幅畫裡。那幅畫一定是以篠川智惠子為模特兒，在那間書房裡完成的吧。

（原來如此。）

意思也就是說，那幅畫是玉岡聰子的父親，亦即這位少年的爺爺贈送給篠川智惠子的作品。

我記得饋贈的日期是一九八〇年的六月，也就是玉岡聰子父親買下第二本《春與修羅》之時。

「就是這個。」

玉岡昴將裝在書盒裡的書遞給我們。那是關根書店版的《春與修羅》，但是與之前玉岡聰子給我們看過的那本書況遠遠不同——印刷著書名的紙張已經泛黃，書緣、書盒的邊緣都剝落了。

栞子小姐再次看了一眼那幅畫之後，接下《春與修羅》。現在應該先處理這本書。她坐下，從書盒裡拿出書確認。

我和昴也跟著坐下。

書籍以布料裝幀的封面已經褪色，到處都是污漬。尤其是書背角落有一塊黑色髒污遮住「詩集」兩字，幾乎無法辨識。栞子小姐湊近看著那塊髒污，確認狀態。

「那個不是我弄髒的喔……爺爺說，買來時就這樣了。」

少年說。

「爺爺曾經讓你看過這本書嗎？」

「是的，就在爺爺過世前幾年。我們的感情還不錯。雖說我小時候對他的印象是沉默、偶爾會給我零用錢的人。」

「什麼原因讓你們感情變好了呢？」

栞子小姐往上看了一眼，開口問。這時，昴的臉像是突然吃到苦瓜一樣皺起來，似乎是想起了什麼不愉快的過去。

「小學三年級時，我的綽號叫糖醋豬。」

他突然開始說起我也不曉得該做何反應的話。糖醋豬是吃的糖醋豬嗎？

「……好傷人的綽號。」

「對吧？同學說：『你不適合昴這個名字，就叫你糖醋豬吧。』明明和我的名字一點關係也沒有……（註2）嗯，如果是現在的話，我就會反駁他們了，不過當時只得任由他們叫。一方面我討厭自己的名字，另外一方面我也覺得自己的外表比較適合糖醋豬……正好那時候，爸媽說爺爺找我過去，我就一個人去爺爺家，順便拿零用錢。」

「去探望爺爺嗎？」

「是的。爺爺自從腳受傷後，就變得不太能走路……我和爺爺一起在書房裡看書，他問我最近有沒有發生什麼事，我笑著老實告訴他同學叫我糖醋豬的事情。結果爺爺的表情變得好嚴肅，接著朗誦出《春與修羅》裡的詩句……」

「就是那首〈昴〉嗎？」

「是的。」

栞子小姐翻開後面的書頁，一下子來到題目寫著〈昴〉的頁面，上面還用粗體鉛筆字訂正為〈昴〉。這就是玉岡聰子所說的「加註」吧。訂正錯字的加註並不罕見，但是除此之外，書中各行之間還有許多點點、括弧等，這就奇怪了。

「最後一句讓我印象超級深刻……『有錢的人不會把錢當作目標／身體健康的人總會被擊倒』。」

「『聰明的人腦袋容易受傷／期待的事物總是會落空』。」

栞子小姐朗讀完後續內容。感覺這段內容在談對事物的執著。「被擊倒」這個說法令人莫名地在意。

「該怎麼說，那些頻頻喊我糖醋豬的傢伙們、拚命順從他們的我，突然都讓我覺得好蠢……雖然不是很了解，不過當我興奮地說完『這段話寫得真好』之後，爺爺說：『你很喜歡看書吧？如果有想讀的書，我隨時都可以借你。』……然後他還順口說了一句：『這首詩很像你。』……」

我的嘴巴抿成ㄟ字型，吸了吸鼻子。的確是一段佳話。

「既然如此，為什麼擅自拿走這本書？」

儘管如此，這種行為仍然不被允許。

「……爺爺出了一道謎題。」

「謎題？」

我反問。

註2：昴（SUBARU）與糖醋豬（SUBUTA）日文第一個發音相同。

「爺爺懂得很多，也擁有許多珍貴書籍，但是他最寶貝的就是這本書。他曾經說過送了一幅畫給為他找來這本書的人當謝禮喔。」

我不解偏著頭。贈送對象當然是篠川智惠子吧？但是這個時候，他爺爺應該已經擁有書況比較好的那本《春與修羅》才是，他比較珍惜的應該是那一本吧？——也許這本書對於當事人來說，有什麼特殊意義。

「他說這本書藏了一個祕密，所以他很寶貝這本書。」

「什麼祕密？」

「這就是他出的謎題。他說要花多少時間都沒關係，我一定要自己解開，成功解開後，他會給我獎勵……結果我還沒有聽到答案，爺爺就過世了。」

最擅長解開這類謎題的人就在這裡。但是栞子小姐只是沉默地翻著書頁。側坐低垂眼瞼的她，正好擺出畫中的姿勢。

「那麼，你也沒有拿到獎勵囉？」

「不，獎勵我拿到了。」

他伸手指向牆壁上掛的繡球花繪畫。

「爺爺死後，我問過姑姑，爺爺出了這道謎題，不曉得她知不知道答案是什麼。姑姑也不曉得……只說了獎勵可能是這個，就把畫給了我。姑姑說那幅畫中畫的是我生日那天庭院裡綻放的繡球花，爺爺原本就打算有一天要給我。」

我再次看了看牆上的畫。雖然不想批評故人贈送的禮物，但是這個作品也未免太粗糙了。難道沒辦法畫得更好了嗎？

「嗯，獎勵是什麼都無所謂，但是我很想知道謎題的答案，所以一點一點調查，卻毫無頭緒，姑姑也不肯把書借我看。」

如果真的那麼重視這本書的話，防護自然也會比較嚴謹。再說，這對姑姪本來也稱不上感情融洽。

「後來我忙著升學考試，原本還輕鬆地想著打算考完後再去拜託姑姑，沒想到卻聽到令人震驚的消息……」

昴說到這裡停住。沉默的期間，我已經想到答案。

「因為你聽到姑姑要把藏書捐出去嗎？」

「是的。爸媽他們聽到這件事後說了些蠢話，說應該把那些書賣掉什麼的。我知道姑姑不會同意，但是不管怎麼做，那本書總有一天會被捐出去。所以我想在書被捐出去之前借用這本書，一鼓作氣解開謎團……沒想到姑姑會發現……」

我揉了揉眉間。看樣子八成是因為玉岡夫婦的資訊不完整的關係，沒有告訴這名少年最重要的內容。

「玉岡聰子女士原本就打算留下這本《春與修羅》……這本書最初就沒有捐出去的打算。」

「咦咦？真的嗎？我幹嘛偷它呢！」

玉岡昴抱頭仰望天花板。接著以精疲力盡的聲音說：

「……我要帶著這本書去向姑姑道歉。」

這時，栞子小姐開口了。看樣子她已經確認完畢書中內容。

「你的爺爺有沒有提到關於這本書的事情？比方說在他過世之前？」

「嗯──沒什麼特別的……啊，他有給我提示。」

「提示？」

「爺爺臨終前，我曾和老爸一起去醫院探望他。他的情況已經很危急，但是當時正好意識很清醒。然後他突然說：『謎題解開了嗎？』……我看他似乎要揭曉答案了，所以我告訴爺爺我要靠自己的力量解開謎題，希望爺爺能夠好起來，等我找到答案。於是爺爺說：『小心德納第中士。』」

「……那是誰？」

「《春與修羅》的〈真空溶媒〉裡出現的人名，前面沒有任何鋪陳就突然冒出來的人物，我也不知道這個人是誰，不過我猜這應該就是答案的提示了……大姊姊，妳怎麼看？」

栞子小姐的臉色鐵青。看樣子應該不是身體不適。難道是已經解開眼前謎團的答案了嗎？

——不對，感覺上還不只是這樣。

「……玉岡昴先生。」

她低聲說：

「你現在仍然堅持要憑藉一己之力解開謎題嗎？」

「當然囉！」

昴毫不遲疑地回答，隨後露出大無畏的笑容。

「儘管要花上較多時間，不過這樣比較好，我想自己進行各種調查、思考、找出答案，爺爺也比較高興……不過姑姑可能不會讓我調查這本書就是了……」

「我明白了。」

栞子小姐的嘴角也跟著綻開笑容。

「既然這樣，我們也來幫忙……後續的事情，能否交給我們處理呢？」

9

當天傍晚，我們再度造訪玉岡聰子家。

對方似乎打從栞子小姐電話聯絡後，便一直待在玄關等待。我們面對面坐在與上次相同的客廳裡，栞子小姐將從玉岡昴那裡拿來的《春與修羅》擺在桌上。

「啊啊……」

委託人的臉上盡是愉悅，顫抖著手拿起那本書，確認是否有異狀，然後把書緊緊擁在懷中。

「謝謝……真是謝謝你們。再沒有什麼比這更值得開心了。」

接著她似乎為自己的失態感到難為情，將《春與修羅》擺回桌上。

「抱歉，我失態了……我當然一定會致上謝禮，感謝你們的幫忙。」

「……我剛才也說過，不需要謝禮。」

栞子小姐耐著性子說。剛才講電話時，似乎也為了這一點稍微有些不愉快。

「相對的，希望您能夠當這次的事情沒發生過，並且允許玉岡昴先生今後可自由閱讀這本書。」

「這點我辦不到。」

玉岡聰子斷然搖頭。

「即使他是自家人，這種事情照理說原本應該報警了，我不可能讓他自由使用這本書。」

栞子小姐對我使了個眼色。看樣子這場談話無法和平落幕。

「如果報警的話，您應該也很困擾吧？」

栞子小姐的聲音突然變得犀利。玉岡聰子不解地眨眨眼睛。

「什麼意思？」

「一開始在這裡聽您說明整件事情時，我就覺得不對勁。令尊為什麼要買下書況不好的《春與修羅》呢？……更重要的是，我的母親為什麼要把這本書賣給已經擁有同一本書的人呢？……沒有人會這樣做生意的。」

玉岡聰子只是偏著頭，臉上雖是無法理解的表情，卻也沒有打算阻止栞子小姐繼續說下去。

「令尊送給家母一幅畫當作找到這本書的謝禮，可想而知，這本《春與修羅》比起令尊原本擁有的那一本更珍貴……今天一整天，我請教過所有人之後，終於得到真相。」

栞子小姐再次對我使個眼色。該怎麼做，進來之前我們早就說好了。

「抱歉。」

我快速探出身子，拿走玉岡聰子面前的《春與修羅》。

「啊！」

她連忙想要起身時，我已經把那本書交給栞子小姐，玉岡聰子只好慢吞吞坐下。樣子看來比之前更坐立不安。

「請看這本書的書背，詩集兩個字被塗掉了。」

我看向栞子小姐手邊。其實我還不曉得她究竟發現了什麼「真相」，也沒時間仔細問她。

「賢治不稱這本書是詩集，而且對於出版社擅自印上這兩個字相當不滿。賢治買回部分賣不掉的《春與修羅》庫存書分送給親朋好友，還趁機抹上青銅粉，試圖塗掉書背上的『詩集』兩個字。」

栞子小姐主要是對著我說。

「那麼，這本書是……」

「是的，這本書很有可能原本是賢治所擁有，是他贈送給某人的書。」

原來那個不是普通的髒污。栞子小姐斜眼觀察著始終沉默的玉岡聰子，同時繼續說：

「而且這本書並非只是用來送人。」

栞子小姐從書盒裡拿出書來翻閱。早先我也大略看過，書中有許多錯字、漏字的訂正，不只是這樣，那些鉛筆字全部來自同一個人，裡頭還有改變文字高度的箭頭標誌、消除行的×符號，以及補充或刪除的語句，看起來很像在修稿。

「咦？」

我驚叫出聲。原本為賢治所擁有的書上有修稿的筆跡，難道這是——

「這是宮澤賢治在初版書上的加註、修稿嗎？」

「是的。」

栞子小姐點頭。

「有賢治親筆字的《春與修羅》稱為校稿本。目前出版的《春與修羅》多半是根據校稿本的修改內容為準。」

我想起〈永別之朝〉、〈真空溶媒〉兩篇作品的微妙差異。

「早上我也曾經提過，坊間出現過幾本校稿本，其中以宮澤家所擁有的校稿本最有名，不過內容不盡相同。另外還有一種校稿本是傳說中存在，實際上則尚未被發現，而這種假設也已經成為定論。」

「……這就是傳說中的版本嗎？」

我盯著《春與修羅》看。宮澤賢治修稿用的校稿本──果真是不得了的「祕密」。這應該就是出給玉岡昴的謎題解答了。

「還需要一些確切的驗證，不過……應該就是了。」

栞子小姐從正面凝視著這本書的主人。玉岡聰子在椅子上僵硬不動。

「您刻意對我們隱瞞這個祕密，說是因為個人的回憶，所以很寶貝這本書。為什麼？」

「……我不希望讓其他人知道這件事。再加上你們似乎也沒有打算詢問家父是如何取得這本書，所以……畢竟這本書真的很珍貴啊。」

「……只是這樣嗎？」

玉岡聰子戰戰兢兢地抬起臉，又立刻閃避栞子小姐的注視。

「我見過昂先生房間裡的畫了。聽說那是令尊替他準備的『獎勵』,畫的是昂先生出生那天,庭院裡綻開的繡球花。」

「呃……是的……沒錯。」

玉岡聰子的聲音哽在喉嚨。

「問題是,我見過與那幅畫相同的花朵,連小細節也分毫不差,就在三十年前繪製完成後,贈送給我母親的畫裡。」

對了,我怎麼會沒注意到兩幅畫完成的時間有十五年的差距?十五年前盛開的花朵,不可能在三十年前也同樣盛開。

「令尊要把那幅畫留給孫子是騙人的,對吧?您只是隨便找個藉口,將那幅很久以前就完成的素描交給玉岡昂先生而已。那麼,打算留給玉岡昂先生的真正獎勵,究竟是什麼呢?」

客廳裡瀰漫著令人窒息的寂靜。

「……妳認為呢?」

玉岡聰子說。

我也想到答案了。玉岡小百合說過這個家的遺產繼承很隨便,舊書該留給誰,連張便條都沒留下。知道的人只有眼前這位女士。

栞子小姐將校稿本的書封對著委託人。

「這本書才是真正的獎勵吧？……您提過令尊喜歡和年輕人聊書，也喜歡送書給年輕人。令尊想把這本《春與修羅》送給昴先生，而不是您，對吧？」

玉岡聰子沒有回答，間接承認了自己的犯行。

我為栞子小姐條理清晰的推理咋舌。結果玉岡昴根本沒偷任何東西，他只是在不知不覺中拿回了這本原本就屬於他的書而已。

「令尊恐怕已經指示過您如何處理這本書，也發現了您恐怕不會照他的指示做。」

「……怎麼可能有那種事？」

「當然可能。令尊在臨終前對昴先生這麼說：『小心德納第中士』……您應該知道是什麼意思吧？」

玉岡聰子血色盡失的嘴唇顫抖著——她們兩人都知道是什麼意思，只有我完全聽不懂。

「請問那是什麼意思呢？」

我小聲問栞子小姐。

「『德納第中士』這個人物是法國作家雨果的小說《悲慘世界》裡的角色。這個角色是個小偷，在滑鐵盧之役結束後，專門偷取戰死沙場士兵們的財物。」

也就是說，那根本不是提示，而是要他小心竊賊就在身邊——真是語重心長的一句話啊。

「妳打算怎麼處理這本書？」

玉岡聰子近乎呻吟地說：

「難道要交給那孩子嗎？妳又沒有證據證明家父要把這本書送給他，再說目前整個玉岡家，只有我知道這本書的價值……這本書應該由懂得珍惜舊書的人擁有才是……」

栞子小姐默默地將書塞回書盒，推向還想要辯解什麼的玉岡聰子。玉岡聰子對於栞子小姐乾脆地把書還給自己感到驚訝，來回看向栞子小姐和《春與修羅》。

「我的要求與剛才一樣，由您保管這本書，但是我希望您准許昴先生可以自由閱讀這本書……然後，等到昴先生有一天找到謎題的答案時，希望您告訴他真相並向他道歉。至於這本書屬於誰，則交由昴先生決定。」

「……如果我拒絕呢？」

「今後敝店將定期聯絡昴先生。如果得知您拒絕這項提議的話，我們將會把一切真相告訴您的哥哥。我不曉得他會不會找您興師問罪，但我想至少您在親戚之中的立場將會很艱難。」

對方仍舊保持沉默。栞子小姐突然放緩表情，平靜地說：

「令尊過世後，無論是您或昴先生，身邊都沒有能夠聊書的對象。如果能夠保持往來，我覺得也不錯……再說，您擁有的這本書，總有一天還是會由昴先生繼承，對吧？」

對喔，我想起這名女士沒有小孩——到時候遺產將會由唯一的姪子繼承。

「……我無法向妳保證什麼。」

玉岡聰子說完，拿起《春與修羅》。

「不過，改天我會和昴碰個面……畢竟我並不討厭那孩子。只是我也很喜歡這本書罷了。」

「……這樣就行了，謝謝您。」

栞子小姐低頭鞠躬。玉岡聰子以失焦的視線望著揭發自己祕密的栞子小姐。

「妳和智惠子不同，無法輕易饒恕別人呢……如果是智惠子，只要我付給她足夠的謝禮，我想她一定會睜一隻眼，閉一隻眼。」

栞子小姐的黑眸瞬間出現反應。

「我和家母不同，不會學她收受賄賂。」

她以僵硬的聲音說。我知道她在心中多加了一句「我想應該不同才對」。

玉岡聰子有些落寞地笑了笑。

「篠川先生說得果然沒錯，他說過妳對智惠子有著複雜的感情。」

「我父親說過那種話嗎？」

「是的……來這裡收購舊書時說的。」

這麼說來，我記得她提過篠川先生到府收購舊書時，他們曾聊了些往事。應該就是栞子小姐父親過世的不久前——兩年前左右的事了。

「他苦笑著說，智惠子離開後留給妳的那本書，妳總有一天會賣掉……」

玉岡聰子很懷念地說。栞子小姐的臉上則是滿布著驚愕。

廚房裡傳來陣陣紅燒香味。已經快到篠川家的晚餐時間了。

我把從書架上拿出來的書擺回去，回頭看看栞子小姐。她仍然坐在榻榻米上，在裝著父親遺物的紙箱中不停翻找。

我們正待在前任店長生活的房間裡。栞子小姐離開玉岡聰子家後，立刻馬不停蹄地趕回自己家裡，開始翻出父親的所有遺物。

既然父親注意到她想要賣掉坂口三千代的《Cracra日記》，當然不可能毫無行動——父親一定買回那本書，並且藏在哪裡了——會這麼想也是理所當然，我的看法也相同。

但是，找遍房間每個角落還是找不到。遺物原本早已整理完畢，既然當時沒發現，那本書藏在這個房間的可能性自然不高。

「今天就先到此為止，明天再繼續找吧……我也幫忙找。」

我對著她的背影說。

「……可是那本書應該在某個地方啊。」

過了一會兒，她答非所問地回應。從剛剛開始一直是這個樣子。

「栞子小姐，別這樣。」

這回我說得稍微強硬些，但她還是沒有回答，只是埋首於沒有意義的行動上——應該說，她不願意承認找不到這項事實。

（……可是，為什麼會找不到呢？）

這個疑問掠過我的腦袋。前任店長恐怕沒注意到女兒一直在找尋自己曾經賣掉的《Cracra日記》吧。

但是，他應該考慮過總有一天要將書交給栞子小姐。病倒後也一定已經為了自己的死做好準備了。

如果是我，會怎麼做？

我回過神，發現房間裡聽不到任何聲音。栞子小姐已經停手，筋疲力盡且垂頭喪氣。

我像是受到吸引般靠近她，跪在她身後。儘管如此她仍然沒有回頭。豎著寒毛的白皙脖子後側近在我眼前。

「……栞子小姐。」

我又喊了一次。她還是沒有回應。

我的胸口彷彿被什麼給堵住了，呼吸困難。我輕輕抓住她的肩膀，不曉得接下來自己該說些什麼。

紙拉門這時突然打開，身穿運動服和圍裙的篠川文香出現。

「姊！晚飯做好了！今天的晚餐是……」話還沒說完，她驚訝睜大雙眼，我連忙把手放開。為什麼她老是選在這種時候出現？這樣一來不就變成我好像老是在做這種事嗎？

「姊，吃飯了。」

她八成是察覺到異狀，觀察著姊姊的樣子一邊說。

「今天是妳最愛的紅燒漢堡排……」

對於妹妹的呼喚，栞子小姐也沒有回應，仍像一尊石像般動也不動，沉浸在自己的思緒中。文香環顧整個房間，應該也注意到父親的遺物散落一地。

「姊，吃飯了喔。」

但她還是重複這句話。

空間裡一陣沉默。文香突然大步踏進房間，踢開栞子小姐面前的紙箱，隔著圍裙緊緊抱住驚訝抬頭的姊姊。

「……姊，我們去吃飯吧，好不好？」

好一陣子兩個人都沒行動。最後姊姊先點頭，然後在妹妹的催促下站起身，由妹妹攙扶她走出房間。

我也來到走廊上，沉默地目送她們兩人的背影。

「五浦先生要來吃飯嗎？」

文香站在通往廚房的紙拉門前回頭說。我們在昏暗的走廊上沉默面對面。這或許是我第一次認真凝視這位少女的臉。圓溜溜的眼睛和令人印象深刻的娃娃臉上掛著一如往常的笑容。

「妳不問我們剛才在做什麼嗎？」

我低聲問。也不曉得她是沒聽見，還是裝作沒聽見，篠川文香不解地偏著頭。

「什麼？」

「沒事……謝謝，我這就過去吃飯。」

不管怎麼說，我好久沒吃紅燒漢堡排了。我刻意擺出笑容，朝客廳方向走去。

終章

《國王的驢耳朵》（POPLAR社）・Ⅱ

2011/3/8　今天發生的事　篠川文香

今天的晚餐是紅燒漢堡排。煮得很好吃，不過如果再加點香菇，應該會更棒。我比較喜歡加香菇。

姊姊沒什麼食慾。相反地，五浦先生倒是相當捧場。男人的食慾果然非同小可。

今天是店裡的公休日，他們兩人一大早就出門了。剛進家門，就在爸爸的房間裡翻找東西。

該不會是被發現了吧？

姊姊雖然還不知道，不過我想五浦先生應該發現了。他也許會來問我。如果這樣，他可能也會告訴姊姊。

可是，他為什麼會知道呢？難道是因為我寫的這些信？

如果是這樣，應該會像我上次寫的《國王的驢耳朵》一樣。

國王的耳朵變成了驢耳朵，知道這個祕密的理髮師很想告訴其他人這件事情，於是對著河邊的洞穴大喊。但是那個洞穴四周蘆葦叢生（我沒看過蘆葦就是了），每次風一吹，就會重複理髮師的話。

結果每個人都知道了這個祕密，國王也不再遮住自己的耳朵……

這麼說來，他的耳朵沒有恢復耶。國王應該是最倒楣的傢伙。但是特地選在怪草叢生的地方說出祕密的理髮師，也很怪。

還是說，其實他真的很希望有人聽見自己的話呢？我似乎稍微能夠體會他的心情。

如果姊姊知道這件事的話，我就不能再繼續寫信了。自從爸爸過世後，我已經持續這樣寫了一年，可是妳從來不曾回信，所以內容寫的全是我們的近況而已。

剛才回頭看看之前寫的，從去年秋天開始，內容就變得像是普通的日記。

這也許是我最後一封信了，所以今天要寫得像信一點。

媽媽，妳好嗎？

我和姊姊都很好。我每天都精神奕奕地上學、做家事，而姊姊也精神奕奕地使喚著五浦先生，管理書店。

今天我只有一個要求。

希望媽媽能夠與姊姊聯絡，不管是電子郵件也好，電話、明信片也好。

或許姊姊現在比我還想要見媽媽。我想她也許有許多工作等各方面的事情想要告訴妳。姊姊愈來愈像年輕時的媽媽了。最近愈來愈難以分辨姊姊和二樓那張舊畫裡的人物。

我不曉得現在如何，不過以前只要說她像媽媽，她就會不高興。

妳還記得姊姊國中時沒戴眼鏡吧？再度戴起眼鏡，是媽媽離開之後的事。她是為了我才這麼做的。雖然問她一定會否認，但是我知道。

媽媽離開後，我無論在幼稚園或家裡成天都在哭，直到某天她戴上了和媽媽一模一樣的眼鏡。我想她或許是為了安撫我的孤單，所以挺身而出代替媽媽。

姊姊當時明明很生氣，不願意再見到媽媽的臉……就是因為這樣，我好愛姊姊。

妳不想打電話，直接到家裡來也可以喔。姊姊或許會生氣，但我會想辦法。我會做飯給妳吃。我的廚藝很好喔。

不曉得我寫的每字每句，妳是否都有收到。

最近已經不再期待妳會回信，不過還是希望媽媽能夠收到這些信，這樣我就很開心了。畢竟自己對著洞喊叫，還是有點寂寞。

明天一大早還要練習，我要去睡了。

晚安。

環境再差也請打起精神面對。

晚安。

移動滑鼠準備按下傳送鍵，篠川文香突然停下手邊動作。

她覺得不安，不曉得這樣子對方是否真能夠收到。每當這種時候，她一定會打開書桌抽屜，從抽屜深處拿出一本書。

那是坂口三千代的《Cracra日記》，是父親臨終之前交給她的書。父親交待等時機到了，再把這本書交給姊姊。

文香從書盒裡拿出書翻開封底。那裡用原子筆寫了一行字。

shinokawa@chieko-biblia.com

來回比對了數次都與畫面上顯示的收件人電子郵件地址一致。

她嘆了一口氣，闔上書。

然後，按下傳送鍵。

後記

之前我也曾經寫過，這個系列之中有不少實際存在的舊書和地名等，其中也有些是為了配合劇情發展等因素而虛構的內容，不過作品中的時期基本上都符合現實狀況。

主角開始在文現里亞古書堂工作是二〇一〇年夏天，而這本第三集的故事時間軸則是過了一段時間，來到二〇一〇年尾到二〇一一年三月左右。

本系列的第一集出現在書店是二〇一一年三月，第三集是二〇一二年六月出版——故事內容的時間與現實有些出入。我想說的是，這本小說所撰寫的內容，與現實之間存在著落差。

比方說，第一集中提過只有新潮文庫的文庫本才有書籤繩，這一點只存在於作品故事發生的當時。現在不只是新潮文庫，二〇一一年創刊的星海社文庫也附有書籤繩了。

另外，藤子不二雄的《ＵＴＯＰＩＡ　最後的世界大戰》在作品中幾乎被當成夢幻逸品、一般人沒有機會閱讀的舊書，不過現在小學館CREATIVE已經重現當年的裝幀，推出了復刻版。另外，據說小學館的《藤子・Ｆ・不二雄大全》之中也預定收錄這部作品。

我想，會產生這種出入也是無可厚非。過去剛出版時沒有購買的人看到書再次出版了，一定很開心吧。

話雖如此，有些落差不見得是時間上的關係，當然也有可能是我弄錯了，所以我盡可能用心查資料確認。

這次很感謝協助蒐集資料的神奈川縣舊書商業同業公會。福田老弟，你真的幫了我大忙，下次我請你吃飯。

第四集裡將出現的作家們已經確定了，在我撰寫第三集的同時，已經讀完資料。資料愈調查愈是引人入勝，只可惜無法將所有內容全寫進書裡。

下一集應該會在冬天出版。

希望各位到時候也多多支持。

三上延

※上述出版時間皆為日文原書的出版時間。

參考文獻（省略敬稱）

《世界奇幻名著55　國王的驢耳朵》（POPLAR社）
西谷祥子《表親聯盟》（創美社）
西谷祥子《奧林帕斯山的微笑》（創美社）
商會史編纂委員會編輯《神奈川舊書商會三十五年史》（神奈川縣舊書商業同業工會）
大內田鶴子、熊田俊郎、小山騰、藤田弘夫編輯《神保町與Hay on Wye》（東信堂）
秋山正美《舊書術。》（夏目書房）
志多三郎《街上的舊書店入門》（KG情報出版）
岩男淳一郎《絕版文庫挖掘筆記》（青弓社）
風間潤編輯《西洋科幻愛情傑作集②蒲公英女孩》（集英社文庫）
茱迪絲．梅洛編輯《年刊科幻傑作選2》（創元推理文庫）
文藝春秋編輯《奇妙的故事 詩選人類的情景6》（文春文庫）
烏斯賓斯基《車布與他的朋友們》（新讀書社）
烏斯賓斯基《小小車布歷險記新譯》（平凡社）

佐藤千登勢《小小車布歷險記》（東洋書店）
DVD《小小車布歷險記》（Frontier Works Inc.）
宮澤賢治《春與修羅》（關根書店）
宮澤賢治《新校本 宮澤賢治全集》（筑摩書房）
宮澤賢治《宮澤賢治全集》（筑摩文庫）
谷川徹三編輯《宮澤賢治詩集》（岩波文庫）
續橋達雄編輯《宮澤賢治研究資料集成》（日本圖書中心）
森莊已池《宮澤賢治的肖像》（津輕書房）
《百年誕辰「宮澤賢治的世界」展覽圖集》（朝日出版社）
山下聖美《宮澤賢治的力量》（新潮新書）
出久根達郎《作家的價值》（講談社）

這世上，有些東西雖然看不見，
卻能確實感受到它的存在……

偵探・日暮旅人尋覓之物

山口幸三郎／著　王靜怡／譯

一間專門尋找失物的奇妙事務所，一位專門尋找失物的奇妙偵探——日暮旅人，他能藉由「觀看」尋找到人們遺失的事物——故人的回憶、幼年時的過錯、幸福的景色以及自己的過去……「看」得見無形之物的奇異偵探・日暮旅人，尋覓出一篇篇溫馨而奇妙的物語。

定價：NT$240/HK$68

輕文學 Light Literature

人氣奇幻文學作家
荻原規子獻上唯美和風FANTASY

RDG1 瀕危物種少女 最初的使者

荻原規子／著　許金玉／譯

鈴原泉水子，在神社出生、長大，與外公相依為命，過著與世無爭的生活。然而，在升上國三的這年春天，她忽然被要求進入東京的高中就讀，身邊還出現了一位宣稱必須一輩子侍奉自己的少年。
連泉水子自己也不知道的巨大命運 已經悄悄開始轉動……

定價：NT$240/HK$68

國家圖書館出版品預行編目資料

古書堂事件手帖 . 3, 栞子與無法抹滅的羈絆 /
三上延作 ; 黃薇嬪譯 .
-- 初版 . -- 臺北市 : 臺灣國際角川 , 2013.07
面 ;　公分 . --（角川輕 . 文學）

譯自 : ビブリア古書堂の事件手帖 . 3,
～栞子さんと消えない絆～
ISBN 978-986-325-406-5(平裝)

861.57　102007753

輕文學
Light Literature

古書堂事件手帖 3 ～栞子與無法抹滅的羈絆～
原著名＊ビブリア古書堂の事件手帖 3 ～栞子さんと消えない絆～

作　　者＊三上 延
插　　畫＊越島はぐ
譯　　者＊黃薇嬪

2013 年 7 月 3 日　初版第 1 刷發行
2022 年 12 月 9 日 初版第 6 刷發行

發 行 人＊岩崎剛人
總　　監＊呂慧君
總 編 輯＊蔡佩芬
主　　編＊李維莉
設計指導＊陳晞叡
印　　務＊李明修（主任）、張加恩（主任）、張凱棋

台灣角川

發 行 所＊台灣角川股份有限公司
地　　址＊104 台北市中山區松江路 223 號 3 樓
電　　話＊（02）2515-3000
傳　　真＊（02）2515-0033
網　　址＊www.kadokawa.com.tw
劃撥帳戶＊台灣角川股份有限公司
劃撥帳號＊ 19487412
法律顧問＊有澤法律事務所
製　　版＊尚騰印刷事業有限公司
I S B N＊978-986-325-406-5